結婚保険誕生

小林 理子

結婚保険誕生

はじめに

人生の中で、人は、沢山の選択をしなければならない。

その中でも、結婚は、相当なリスクをともなう。

しかし、それを保障するものは、なにもない。

中山理江は、恋愛結婚した夫、政夫と、一人息子、拓也と、三人で暮らす三十代のフルタイムで働く女性だ。

平和に暮らしていたある日突然、夫がフィリピンの女姓と関係を持ち、二人の間に子供まででき、理江と拓也を残し、愛人の元へ去った。

残された理江は、子供の病気を理由に会社を休みがちになり、勤めていた会社から、辞める事を奨められる。

政夫からの、申し訳程度の仕送りはあったが、到底母子二人で暮らせるものではなかった。

経済的に、窮地に立たされた理江は、一念発起し、時間的に融通のきく保険外務員となった。

生半可な気持ちで辞めて行く同僚を後目に、理江は必死に勉強して資格をとり、顧客を増やし、10年後には、年収1000万以上の、主任になっていた。

更には、新商品の企画を任され、自分の、人生の経験から、「結婚保険」誕生の産みの親になった。

保険外務員がよく〔保険のおばちゃん〕と、呼ばれるが、それは戦後、保険会社が、戦争未亡人や、離婚した女性を多く採用し、戦力とした歴史であり、その業績もすばらしいものがある。

然し、金融ビックバンを迎え、人間関係や、おまけ的な物で保険商品を売る時代は終わった。

保険外務員は、フィナンシャル・プランナーとして、顧客の資産を確実に守り、安全に運用していく時代である。

それは、あるときは税理士、あるときは公認会計士、そして時には弁護士的な立場にたってアドバイスすべき高度な知識が求められる。

今は、フィナンシャル・プランナーを、慎重に選ぶ時代になりつつある。

そして又、理江の提案する「結婚保険」には、知識だけの、フィナンシャル・プランナーの資格以外に、メンタル・フィナンシャル・プランナーの資格がないと販売出来ない事を付け加えたい。

他人の人生や、運命に共感し、理解できる人間であり、他人の事も親身になって考えられるハートと、知識が求められている。

生命保険を売る者も、買う者も、本当の幸せを掴む為にはどうしたらいいのか考える機会にしていただきたい。

理江の保険外務員としての10年の歩みは、これからも続く保険との付き合いを考える一歩にしていただきたいと切に願うものである。

賢者は歴史に学び、愚者は失敗に学ぶと言われている。が、その基準はない。

結婚保険誕生　目次

第1章　電話の向こうに……7
第2章　自立への歩み……29
第3章　保険会社の営業……43
第4章　ピカピカの1年生……77
第5章　保険外務員仲間……87
第6章　義父の死……95
第7章　顧客ニーズの保険商品……117
第8章　保険金詐欺、不正契約……127
第9章　夫の死……149
第10章　新保険誕生……153
第11章　結婚保険の条件……171

第1章　電話の向こうに

「ワ、タ、シ、ア、ン、タ、ヨ、リ、ワ、カ、イ。オ、ト、コ、ホ、シ、カ、ッ、タ、ラ、キ、ャ、ロ、ッ、ト、デ、モ、ツ、ッ、コ、ン、デ、オ、ケ・・。」片言の日本語が得意そうに話し続ける。

理江の受話器を持つ手は小刻みに震えた。

その時、「お母さーん、今日のスープはからいよ、残していーい」息子の拓也が大声をだした。

理江は一瞬振り返って拓也を見たが、言葉にはならなかった。

彼女の口元は涙でグショグショだった。

狭いアパートの居間とドアを半開きにした台所の小さいテーブルに座っている拓也との距離は2ｍもない。

何時もほがらかな声で理江は拓也に答えていたであろう、その声が、ない。

拓也が静かに理江の様子を見に近寄ってきた気配に、理江は慌てて受話器を置き、急いで台所に行き、水道の水をジャージャー出して手や顔を洗った。

拓也はその様子を察したらしく、再びテーブルに戻った。拓也は理江の顔を見なくても、最近、時々同じ様な電話を受け、その度に、理江は、決まって台所に走り、そして水をジャージャー流して顔を洗い続けている姿をみていた。

「何かある。」5歳の拓也にも、母親の様子が変なことは充分わかっていた。

それが何か聞きたくても聞けるような母親の態度ではなかった。

拓也は父親を一年近く見ていない。

父は優しい人で、家にいるときは拓也をとても可愛がってくれた。

母親とも仲がよかった。

三人で買い物に出かけたり、遊園地にも良く出かけた。

大きいお父さんと、小さいお母さんの間で、拓也は何時も笑っていた。

しかしここ数ヶ月、父親は家に帰ることがなくなっていた。

母親は朝早くから拓也に大きい声をあげて、「早くしなさい。」と急がせる生活に変わった。拓也が「お父さん今日帰ってくるの。」と理江に聞いても、理江は「お父さん遠くにいってるから、いつ帰るかわからない。拓ちゃん、良い子になってよ」と拓也をせっつくだけだった。

拓也は何度かその言葉を繰り返すうちにお父さんのことを聞いてはいけない、と子供心に思うようになっていた。

朝7時には家を出て、保育園に行き、母親が慌てて会社に向かう姿を追い、夕方、何時も一番遅い時間まで迎えに来ない母親を保育園で待つ拓也だった。

しかし、拓也は時々熱を出しては保育園を休む日が多かった。それが1年も続いていた。

13人の社員しかいない会社で、経理を担当していた理江は、ある日社長に呼ばれた。

理江が社長室に入るやいなや「苦しい生活は聞いている、しかし、こう時々休んだり、遅刻、早退が重なるとねぇー、社としてはねー」と暗に退職を進める社長の姿が目の前にあった。

理江は返す言葉がなかった。

当然と言えば当然。1年間もの間、よく黙っていてくれたとも思った。

理江はしばらく自問自答を繰り返した。

拓也の事、夫の事などが次から次と、頭に浮かび、そして消える。

その時、社長の声が、理江の耳にとどいた。「会社も、苦しいからねー。たのむよ。」

理江は、その言葉で我に返った。

下げていた頭をゆっくりもたげ、社長の顔をしっかりと見た。

18万円の給料が消える。
だが、拓也を守れるのは自分しかいない。
会社にも、これ以上の迷惑はかけられないだろう。
経理の仕事は理江に合っていた。
会社の人達も、家庭的でとてもなごやかな職場であった。
でも、でも、やはり、拓也をかかえて、フルタイムで働く事は、無理だった。
自分だけならどんなことをしても勤めるだろう。
今の生活は、拓也にも相当無理をさせている。
朝早くから、それ急げ、それ急げの生活だった。
夕方は、しょんぼりと待ちくたびれた拓也が、うれしそうな顔をして理江を迎える日々
……。
何かしたくても、何も変えられない生活にあくせくしていた毎日だった。
理江自身も、拓也も疲れていた。

全てを投げ出して一日、ゆっくり休みたいとも思った。

社長の言葉は理江の決断を明確にしてくれた。

悩むより、一時仕事を辞めて考えよう。

いずれ働く仕事を見つけなければ生活は出来ない。

しかし、何とかなるだろう…。理江は、心に決めると潔く言い放った。

「社長、今まで本当に御迷惑をかけました。皆さんに本当に申し訳なく思っています。子供の事を中心に考えてみます。退職届は明日にでもお持ちします。」と、きっぱりと断言した。

「いや、そう慌てなくてもいいんだよ、6月のボーナスもあることだし、経理の後継ぎがすぐ見つかるかどうかも分からんから、まあ、そういう事だから、一応考えておいて下さい。」社長は申し訳なさそうにいった。

「ありがとうございます、仕事をきちんと整理致しますので、ご安心下さい。次の方が早く見つかるといいですね」理江の声は落ち着いていた。

「何かと大変なんでしょう、御主人とは、どうなんですか、差し出がましい、とは思いますが、可能な事はやらせて頂きます。」社長はゆっくりと一つ一つ言葉を選びながら話しつづけた。

「主人の事は何も進んでいません。相手の女性からの電話が毎日かかってきます。昨夜も…。」理江はそこまで言うと、もう言葉にならなかった。

昨夜の夫の愛人から理江にかかってきた電話の声が理江の頭の中で大きい声で回転し続けている。「ワ、タ、シ、ワ、カ、イ。オ、ト、コ、ホ、シ、カ、ッ、タ、ラ・・・・。」

理江は両手を耳にあて、両目を閉じて激しく頭を振っていた。

その様子を社長は黙ったまま見つめていた。

社長は理江の夫を良く知っていた。

理江と結婚する前、よく部品の卸に来社していた取引先の社員でもあったからだ。

そもそも二人が知り合ったのも、仕事場であり、納品書を届ける先、そう、経理を担当している理江の所であった関係で、時々話をし、それから恋愛へと発展していった。

理江の夫の中山政夫は、青白い端正な顔に身長は１８０㎝はあろうかと思える細身の男性で、少したよりなさそうなところはあるが、笑顔のとても良い人物だった。

理江より６歳年上で、実家は会社から20分ほどの所にあった。結婚式には社長も参列し祝いの辞を述べた。

九州育ちで、父親を早くに亡くした理江の親族と、政夫の家系とは対照的な部分も多かったと社長はその時の事を思い浮かべていた。

政夫は地元では名のある、裕福な家庭の育ちで次男坊、長男は海外におり、両親と政夫の3人の生活が長かった。

二人が結婚したとき政夫が34歳、理江が28歳だった。

一流大学出の政夫と経理の専門学校卒の理江とは、生活スタイルそのものも少し差があったように思う。

理江は頭も良く、とにかくきっちりした娘だった。

それと比較すると政夫はのほほんと生きてきた人間の見本のような人物でもあった。

その2人の生活はどうだったのかは知らない。

ただ、社長が考えられるのは、理江のリードでしか家庭は回らなかっただろう、と言うことだけだった。

社長の頭の中では、朝刊に記載されていた文面が回転していた。

「フィリピンから海外に出稼ぎに出る人は300万人近くいると見られている。そんなフィリピンで最近、思わぬ形で出稼ぎの影響が出てきた。海外にフィリピン人向けのハンバーガーを売る店が出たり、その地に市民権をもつフィリピン人自身が店を開き成功している例もある。もう一つが、出稼ぎ先で覚えた味をフィリピンで広めるという動きだ……。」

地球規模での人の移動が、伝統の味を好むフィリピン人の食を変えつつある。」と言った内容だった。

日本にも、たくさんのフィリピン人が来ている。近くには観光ビザで来日し、夜働いていた女性達が、日本人との間にもうけた子供を育てている女性と子供の収容施設が出来ている。

強制的に本国に帰す事の出来ない人達として日本に永住権を得つつある人達だ。その人達は、近くの工場にパートの仕事を与えられ、自活の一歩を歩みつつあった。

その一人が政夫の会社に配属された「キャサリン」だった。フィリピン人は明るくて、物事にこだわらない。前に前に進んでいくたくましさがある。

それは政夫にも理江にも無い何かであった。

その何かが、政夫の心をとらえたのであろう。

キャサリンと政夫は一年前より急速に近づき、理江と拓也の家から姿を消した。

理江は泣いて政夫を追うタイプの人間ではなかった。

それが、かえって時の流れを止めど無くしたかもしれない。

その月日の中で、政夫とキャサリンの間には、子供が出来ていた。

キャサリンには他の日本人男性との間に産まれた女児が一人いた、2歳くらいと聞いている。

政夫は元の職場に勤めながら、3人とアパート暮らしをしているらしい。

今は理江の職場に出入りする部署に所属していないので、社長は政夫を見る機会が無かった。

社長は気丈な理江を見てきただけに、目の前で泣きじゃくる姿に何と声をかけていいかわからないまま、手当たり次第フィリピン事情を頭で描き、そして自己否定し続けていた。

「もう良いんです、もう良いんです、自分で決めた事ですから、今月末で退職させて頂きます」理江の語気は強く、その決意の程が伺えた。

「私とて事情が、事情だけに、何とかしてやりたいという気持ちはある、しかしこう小さい会社だと、口うるさくてなあー、何やかやと大変なんだよ。経理のあんたが一番良く知っているだろう、会社の経費も、とにかく節約節約で乗り切らないと大赤字がでるやもしれん……。」

「銀行からもちょと口出しされてんのや、なさけないが、こう景気が悪いと、なかなか本社も仕事を外注に出してくれんし、圧倒的に仕事量が少なくなってきてるからなー。」

社長は、ため息交じりに自問自答をくりかえし、ふと我に返って「まあ、学校卒業してから、ずーと10年以上も働いてくれた人や、悪いようにはしない、退職金を出来るだけ出すし、失業保険もすぐ出るようにするから、その内にまたあんたに合った仕事が見つかると思うわ、あんたくらい良く出来たら、誰でもほしいと思う、わたしも本当に惜しいと思っている、けどこういう会社だからなー。」

剥げて頭髪の無い頭が理江の顔の前を何度も上、下、している。

「長い間、本当にお世話になりました。こんなことになるとは思いもよりませんでした、拓也が産まれた時も一度は辞めようと思った訳ですから、まあ、それから5年もお世話になった分、感謝しております、本当に……。」

二人の会話は、少し和やかになり、笑いも加わっていった。

「まあ、生活の心配は、御主人の両親が立派な方々ですから、相談されるのもいかがですかねー、もう元の事は…。」社長は気になっていた言葉を会話の中に盛り込んだ。

「二度ほど、話し合いを待ちました。政夫さんは両親の元には時々帰っているようです。でも…、本人は決断出来ないでいるようなんです。彼女の事も娘さんの事も政夫さんはまだ御両親には会わせてはいないようです。ただ、子供が生まれるのは間近なようです。ですから、両親も何も言えないようです。もっと前に相談してくれたら、と政夫さんの御両親には言われました。けれど、私自身まさかこういう事になるなんて考えてもいませんでした。いや、考えたくなかったのかもしれません。政夫さんは良い人だから………。」理江の言葉はつまってしまい、シーンとした空気が、時をきざむ。

午後2時から対面した二人の会話は、退社時の五時を既に回っているが、終わりそうも無かった。

夕方から小雨が降り始めたらしく、古い工場の木枠の窓ガラスが更に黒ずんで見えた。雨水がノクターンでも奏でる鍵盤のごとくピシャピシャとガラスを滑り落ちていく。

「子供さん迎えにいかな1時間かな、わしも近くにいく用事があるんで車で行こうか」社長はポツリと言った。

「ありがとうございます」理江は慌ててハンカチーフを顔にあてた。

二人が保育園に着いたのは6時過ぎだった。

１００坪程の園舎の庭は静まり返り、平屋建ての園舎の一室にポツンと明かりがともり、テレビを見入る子供が一人遠くからみえる。

理江の顔はその一点に集中していた。

車から出てきた社長はその様子を察したらしく、理江が急いで拓也を迎えに行く姿を追ったまま立ち尽くしていた。

社長は理江と拓也が戻ってくると、「おかえり、疲れただろう坊や」と明るい声で精一杯のエールを贈った。

拓也は、けげんそうな顔で社長を見つめ、「だあーれ」と冷たい一言をつきつけた。

「社長さん、お母さんの働いている会社の一番偉い人よ、お母さん遅くなったから車で保育園まで乗せてきて下さったの、拓也もありがとうを、言って」理江は社長にすまなさそうに頭を下げた。拓也は小さい声で「ありがと」とかえした。

社長は理江の住むアパートまで車で送ってくれた。

車の中では拓也が一人、今日園内であった生活の喜怒哀楽の1コマ1コマをジェスチャーまじりに演じつづけている。理江はそのつど、あいずちをうってはいるが、殆ど上の空だった。拓也は理江の気持ちを知る由もない。母と二人車に乗っている事がうれしくて、うれしくて何か話さずにはいられなかったのだ。

社長は時々ミラーを覗き二人の姿を眺めては、黙々と運転していた。

アパートの前に車が止まり、ドアが開くと拓也は飛び出していった。

理江が社長に挨拶を済ませ、車のドアを閉めようとするその時、「給料と退職金は一週間以内に通帳に入れておくから、明日から社には出なくてもいいから、身の振り方を早く見つけてくれ、やれる事があったら何なりと伝えてくれよ、じゃ」と社長はきっぱり言いはなった。

一瞬の出来事だった。理江は、ただ、呆然としたままだった。

車はその言葉が終わるや否やスーッと走り去っていった。

「お母さーん早く、腹減ったー。」闇の中で拓也の声が響いた。

理江は自分を取り戻したように、はっきりとした声で拓也に答えた。

「よーし、おいしいご飯作るぞー」理江は出来るだけ大きい声を出して拓也の後を追った。

家に入るなり淡々と、家事をする事で、全てから逃れ自分をとりもどそうと考えた。しかし、理江の頭の中に積み重ねられた宿題の多さにおしつぶされそうだった。

理江と拓也の遅い夕食が終わり、もう寝息を立てている拓也の隣で、毎日かかってきていた電話が今夜は何時に来るのか心を痛める理江だった。

今日はこないのだろうか……。

今日は帰りが遅かったから、もう来ないかもしれない。

もっと遅くなってから来るかもしれない。

今日は何を言ってくるのだろう、と思うと、何をやっていても、ふっ、と仕事の手が止む。

理江は九時過ぎ、テレビのスイッチを入れ、ニュースを読み上げるキャスターに目をやった。

夫の政夫の顔に良く似たその端正な顔の人物。

政夫と二人でこの画面を見た時、何度も言った言葉が頭をよぎった。

「政夫とこのキャスターはウリ二つね、いや政夫の方がちょっといいかも、だって私だけのものだもの…。」理江は慌ててテレビのスイッチを切った。

今日は、この顔が、理江をとても落ち着かなくする。

理江は側にあった菓子入りケースのフタを取るとムシャ、ムシャとその甘い固まりに自分を入りこませた。

何を考えるでもなく、うつろで無表情のまま、口と手だけが菓子を体の中に押し込んでいる。

側にはポストから取り出したまま開きもしない新聞の夕刊が置かれていた。おりしも、その夕刊には「我慢の限界は3年」のタイトルで「老いも若きも離婚が増えている、厚生省の最新統計による離婚率は1・78人で過去最高だ。

若いカップルでは「式場離婚」もある。結婚式場関係者から聞いた極端なケースでは式で緊張の余り失禁した夫。その後の披露宴に新婦が欠席、そのまま別れた、とか。新婚旅行中相手に嫌気が差し、帰国直後に結婚を解消する場合等は、「成田離婚」より早い。

熟年組みの場合「定年離婚」がある。夫の定年を待って妻が「三行半」を突きつけ、夫は晴天の霹靂で「なぜだ」と叫んで絶句する。

家庭裁判所の調停委員会の話では、妻からの三行半は決して突然来るものではない。いくつかのシグナルを発し続けている。

夫が気付かず、妻は我慢の限界がきた時に切り出す。初めてのシグナルから最後の通達までの期間は平均三年と言うのが調停委員の体験に基づいた数字。

夫も後で「そう言えばあの時…」と思い当たる。

いずれも言い出すのは女性側が多いとある結婚相談所の長は話す。

「女性の自立もあるが、社会規範にとらわれ、相手との基本的な関係を作れない男性が増えている」

日本の経済発展至上主義が曲がり角に来ている時期に合わせるかのように、仕事一途で家庭を顧みない男達も反省を迫られている。

こう、書き綴る、日本新聞の、優楽帳のスペースは、理江の目には止まらず回収ボックスに押しやられるだろう。

この新聞記事は理江の心にはなにも残さなかった。

しかしこの記事は、社会に少しの驚きと、ため息をもたらした事だろう。

そして明日の朝刊へと次の話題を社会に提供し、媒介としてこの世に存在していくだろう。

離婚率が欧州並みになった事は1998年の厚生省の出した「人口動態統計の年間推計」でも報じていた。

米国の4・44%、英国の2・97%、ドイツの2・07%、そして日本の1・94%、次がフランスの1・90%、という離婚率は何を物語っているのか、それぞれのカップルによって判断は異なるだろうが…。24万組の離婚者数に理江は入っていない。

隠れた数字は、この何倍にもなるだろう。

暗闇でもがく理江と同じようなカップルは、この数字を何倍にも上塗りするほど右肩上がりである事は間違いないだろう。社会のこの流れは年々増え続けている。

その夜理江は殆ど眠れない夜を過ごした。

次の日、理江は、いつものように拓也を保育園に連れていった。

それから、理江は一度、会社に向かおうと考えた。

しかし、昨夜、社長が車を発車させる寸前に発した言葉がその心を押しとどめた。

「来なくていいよ……。」

そう、もう行かなくてもいい存在なのだ。理江の足は少し鈍い足取りになっていた。何も考える気持ちさえもない。

晴天の空は早朝から人の心をくすぐる。「さあ、こうしちゃいられない」と。だが、理江には青空を見上げるその余裕すらなかった。

どれ位の時間をかけたのかは知らない。

やっとたどり着いた自分の家で、理江は声を出して、自分に言い聞かせた。

「もう、行くところはない……。」

アパートのドアを開け、何気なく靴入れのケース上に在る電話に目をやった。

留守電が、はいっている。

理江は、何気なくそのボタンを押した。

「ア、ン、タ、ダ、メ、ヨ、モ、ウ、マ、サ、オ、カ、ラ、オ、カ、ネ、ト、ラ、ナ、イ、デ。コ、ド、モ、ニ、オ、カ、ネ、ホ、シ、イ。ワ、カ、ッ、タ、モー、ダ、メ、ダ、メ、ヨ」片言の日本語だが、ドスの聴いた、その言い方に理江は驚いた。

政夫の給料の半分が、理江の口座に振り込まれている事に対する、彼女なりの反論なのだ。

理江は暗くなった気持ちを押さえながらも、まだ留守電が溜まっている事に気づき、プッシュした。

「オ、カ、ネ、タ、リ、ナ、イ、ヨ、ド、ロ、ボー、ス、ル、ナ、マ、サ、オ、ハ、ア、ン、タ、ノ、モ、ノ、ジャ、ナ、イ、ヨ、ド、ロ、ボー、ス、ル、ナ、ワ、カ、ッ、タ、ワ、カ、ッ、タ・・・。」

昨夜から、今朝にかけて、政夫の愛人がかけてきた電話だった。

理江は虚しい気持ちで、電話の、受話器を置いた。

淋しかった。淋しくて、どうにもならない空間の中に立ちすくんでいた。

この電話をしている時、もし政夫が一緒にいるとしたら、とても許せる内容ではなかった。

理江はヘタヘタと座り込んだ。

考えても考えても、解決しそうな糸口は何もみつからない。

政夫の愛人からの電話の声は理江の頭を堂々巡りしていた。

それからどのくらいの時間が流れたのか、誰もいないアパートの一室は静まり返ったままだった。8世帯が入る20坪にみたないアパートの住宅に動きはない。

コン、コン、と入り口のドアをノックするのと同時に大きな声が響いた「こんばんわ、いる」その声に理江はハッと我に返った。

理江は玄関に座り込んだまま眠ってしまったらしい。

カギのかかっていないドアは突然開き、会社の同僚だった友子が大きい紙袋を二つ持って現れた。

今年入社の18歳の友子は少し太目だが笑顔がなんともいえない明るい女性だった。

「社長が整理して、理江さんの所に持っていくようにって。」

ニューと突き出した二つの紙袋はパンパンに物が入っていた。

「ありがとう、友ちゃん重かったでしょう」そう言いながら受けとろうとして理江は思わず悲鳴を上げた。

手提げ部分がスルリとはずれ、紙袋はストンと二人の間に落ちた。「ヒャッ」

「間一髪やわ」友子は、素っ頓狂な声を張り上げた。

紙袋は破れ、中から理江の電卓や、使い古したデスクワーク用品が、バラバラと散らばった。

「本当はここまで持つか心配やったわ」友子はコンクリートに頭をつける様にして物を拾いながら言った。

「重たかったでしょう」理江は再び同じ言葉を友子にかけ、その苦労をねぎらった。「拓ちゃんは」友子はその作業中、ふと理江の顔を覗きながら尋ねた。

「保育園よ」、と理江はさりげなくいった。

「もう6時20分よ、お迎えに行かなくても大丈夫」友子は問いただすような強い口調で言い放った。

「えっ」理江の顔は少し青ざめ、そして自分の右腕を見、時計をしていないのがわかると友子の腕の時計に目を走らせた。

時計は確かに6時20分を廻っていた。

理江はそのまま慌てて外に飛び出していた。

走っても18分以上はかかる保育園までの道のり、理江はただひたすら走りつづけていた。犬の散歩で行き交う人々や、急いで帰宅するサラリーマン姿の人々は、理江の姿に足を止め、そして再びどこかに散らばっていった。

保育園に着くと、理江は拓也の前に座り込んでしまった。

母を待っていた拓也の驚きは言葉にならなかった。

遅番の保母はいつもなら怒りを込めて「もうすこし、早くお迎えに来て下さい、私たち超過勤務手当てが出ないんですよ」と言う声を保護者に向けているはずだった。

しかし、理江と拓也を目の前にし、保母は黙って立ったままだった。

唯一保育室にあるテレビだけが早いテンポでマンガの続きをにぎやかに流しつづける音の世界がそこにあった。

第2章　自立への歩み

理江は次の日から、拓也を保育園につれていくのをやめた。

理江の仕事が決まるまでは、家で生活をさせてみようと思った。

先ず、自分の仕事探しが一番だとは理解しながらも、拓也に不安な思いを募らせる生活をしない事も大切だと心に決めていた。

履歴書を書いては持参する理江の生活は単調だが、拓也と二人だけの時間が持てる貴重な経験でもあった。

理江は何か作業をしていても、日本人ならとても言えないような言葉を、強い口調で、言い続ける夫の、愛人の言葉の端々が、頭のどこかに残り、手元の作業を止めざるをえなかった。

ふっと手を止め頭をよぎるそのカタコト日本語に理江は、いつも頭を悩ませ、そして涙していた。

履歴書は１００枚以上書いていた。

「御主人は…、子供さんは…、前職の退職理由は…。」面接場面で何度、いやなん十回繰り返された言葉だったろうか、理江はその度に口が濁った。

「経理に自身があります」と、どんなに言いたかったか……。

理江は心の中で何度もそうつぶやいてみた。

しかし、どの面接相手にも、理江の心の叫びは伝わらなかった。

「大変なのは理解できるんですが、会社としては残業も相当ありますし、経理がそう簡単に休まれてはサイクルが廻りませんからね、心情は理解できますけれども…。」と同情の色さえ掛けられ、不採用が続いた。

理江の心はその都度打ちのめされていた。

イライラはつのり、拓也に当たり散らす事が時々あった。

そんなある日、「お母さん、保育園に行ってもいい」拓也は二人の生活に飽きたのか、理江の顔を覗きながら心配そうに言った。

「うん、保育園でお友達と遊ぼうか」理江は拓也の顔をまじまじと見詰めながら静かに言った。

「うん」拓也は嬉しそうにうなずいた。「ユキ子ちゃんきてるかなー」拓也は女の子の名前を言いながらキラキラ瞳を輝かせている。

理江は微笑んだ、拓也の大好きな保育園児の一人で、時々拓也が話題にする、やさしい女の子の名前を、拓也は口にしている。

「拓也の事みんな待ってるかな」理江はさらにそう付け加えた。

「うん」拓也は大きくうなずいた。

理江は何日間も就職活動につれまわしていた自分を反省した。

面接時、企業の入り口や、近くの公園で待たせていた事もあった。

今になって、拓也が、どんな気持ちで、時間を費やしていたのか、と思うと、理江は後悔した。

次の日から拓也はいそいそと保育園に通う日々が始まった。

理江は一人アパートの一室で悶々とする生活が続いた。

すると前以上に政夫の愛人の電話の事ばかりが頭に浮かび、不安と怒り、そして悲しみが襲ってくるようになった。どろぬまの中でもがく時間が流れていた。

理江は市で無料で開いている弁護士相談を受け始めたのはそんな中でだった。

弁護士は理江の打ち明ける心の内を、全て聞き漏らすまいとするように、理江の話に耳を傾けてくれた。

しかし無料相談の時間はわずか30分で終了した。

最後に弁護士は「いいですか、気をしっかり持つんですよ。行動するしかないです、早く家裁に出向いてご覧なさい。」と言った。

そして又、「まあ、御主人の両親は御健在なようですし、時々そちらにご主人様がお伺いされているようですので、先ず、とりあえず御両親に相談する事をお勧めいたします。」とも言った。弁護士はお金の心配をしてくれたが、理江に弁護士費用など出せる訳がなかった。

「電話の件は、いつ頃から掛かってくるようになったのか、それと録音が出来れば、録音をしておいた方が何かと便利ですよ、１００円ぐらいでカセットテープは売ってますから、もし、デッキが無いようでしたら、私にも使わないのがありますからどうぞ御利用になって下さい」と初めて会う理江にとても親切だった。

理江は政夫との間に生じた一連の流れや、現在の自分の気持ちを全て弁護士に話した事で、少し気持ちが軽くなっていた。

モヤモヤしていた自分の周りが少し明るくなったように感じた。

弁護士は60代だろうか、白髪が六部くらいになり、中央は丸く剥げていた。何百人もの人と接し続けてきた経験が言わせるのだろうか「お子さんを大事にしなさいよ、必ず力になってくれますからね」と言ってくれた。

その言葉が理江の頭にはすがすがしく残った。

理江は、弁護士が言うように、早速政夫の、実家に向かった。

然し、政夫の、母親は、あきらめの状態だった。

「政夫の事は政夫と決めて頂きませんと…。私達ではどうにもなりません、生活は大変でしょうが私達では拓也の保育料くらいなら出せますが、理江さんにも働いて頂かないと、どうにもなりません。

何せ私達も年ですし、政夫を甘く育ててしまったのは申し訳なく思っています。政夫がそんな風になるのは理江さんにも何かあったんだと思いますしねー」義母は小さい声ながら確実に理江をもせめる言葉に終始した。

「こうなったからには政夫も逃げないで理江さんときちんと話し合って結論を出さないと。本当に何てことするんだか、まったく情けない、拓也が一番の犠牲者だわなー。」義父は少し理江達母子に同情的だった。

政夫が居ないところで理江たちの事をいくら話し合っても解決する事ではない事は、大人の頭なら誰にでもわかる事だった。

ただ何をどうすればいいのか、決め手が無いまま義父母との話し合いは終わった。

理江は話し合いが終わって、当然と言えば当然だった内容に何の不満も無かった。老いた義父母をせめても何にもならない事は充分わかっていた。ただ、目の前で義父母が、はっきり「ダメだ。」と、言ってくれるのを確認したかったのかもしれない。

理江はいよいよ弁護士を通して話をしなければならない事を自分に言い聞かせていた。政夫からの連絡は何も無い。愛人キャサリンからの電話は相変わらず続いていた。弁護士料は無料ではない。30分5000円が確実に理江の財布から出ていった。その内に、政夫と愛人との間に女児が誕生した事は弁護士を通して知った。

その頃、しばらく電話が無くなっていたのは、そのせいかと理江は納得した。

「政夫さん、そう御主人は苦しんでおります。しかし、彼女は外国人で、日本での生活は子供を連れて大変だし、最初は同情だった様です。その内、彼女の子供さんも御主人になつくようになり、お宅の子供さんは男児ですが、そちらの子供さんは女児と言う事もあり、子供さんも可愛くなり、ズルズルとのめり込んでいったようです。自分の子供が産まれるに及び、御主人は拓也君と言うんですか、お宅のお子さんには申し訳ないが、あちらに残られる決心をなさっているようなんです。あなたは会社で働いていると御主人は思っておられました。仕事が出来なくなっている現実を伝えましたら御主人は下を向かれて、しばらく黙っておられました。あちらも、子供が二人で、生活は大変なようです。こちらへの振り込みは今の半分くらいになるかもしれません。御主人は自分を責めておられます。ただ、二人であなたと会う勇気はないとおっしゃっています。あなたに落ち度は何も無いからです…。どうなさいますか」弁護士は淡淡と現実を理江に伝えた。

理江は震える手を握りしめながら、やり場のない気持ちを自分の中に閉じ込めるのに必死だった。

「もちろん、慰謝料はお支払いすると思いますよ、御主人の御両親が立て替えてくれるようなのですが…。」弁護士は理江の気持ちを察しながらも職務として話しつづけるのを辞めなかった。「何度話し合っても御主人の気持ちが変わらないとしたら、いかがなさいますか。」弁護士は何の反応も示さない理江が反応を示すよう少し口調を強めた。

理江は黙ったままだった。

「復縁を望まれても今の状況では難しいでしょうね。時間が経ちすぎてます。子供さんが産まれてなければ御主人も変わったかもしれません。しかし今となっては二人の娘さんを本当に可愛がっているようです。相手の女性の事はあまり話したがりませんけどねー。」弁護士は何を話してもはっきりとした自分の考えを示さない理江の方をまっすぐに見て静かにボソボソと話している。

理江はそれが聞こえているのか、いないのか何の反応も示さなかった。

弁護士はチラッと時計を見るなり「又、次回にしましょう」と言いながら立ち上がった。

理江は初めて口を開き「ありがとうございました」と低い声で言い深々と頭を下げた。

就職の方もまだ結果は出ていなかった。

職業安定所に向かう足取りも遠のきつつあった。

新聞の折り込みや、情報誌をむさぼるのも少々疲れていた。

失業保険に頼る生活も二ヶ月限りとなっていた。

迷っても解決が見つからない迷路に入ったままの生活があけ、そして暮れていった。

「朝のニュースをお伝えします、昨夕11時過ぎ、中学生が仲間数人に殴る蹴るの暴力を受け、病院に運ばれるが死亡いたしました。死亡した中学生は成績優秀で学級委員を経験した事もあり両親は突然の死に呆然としておられました。今年の凶悪少年事件は15万件以上にものぼっており、深刻な社会問題となっております。少子化社会で争うことなく育つ現代っ子にはケンカの経験やガキ大将の存在もなく力加減が育成されていないという声も聞かれます。被害者も加害者も、家庭的に特に問題ない普通の家庭の子供です。最近はそういう極普通の子供たちが起こす犯罪が多く、少年法の年齢引き下げ問題が再浮上する可能性があります。次のニュース…。」

理江は極普通の家庭と言う言葉にこだわっていた。

昔、何かあると必ずと言っていい程、母子家庭とか父子家庭で育った歪んだ性格の子供像がマスコミで流されていたからでもあった。

もしかしたら、拓也も片親の元で育った人間としてレッテルを貼られる事になるかもしれない、いやそうなるだろうそうなれば…と考えると、どんなにしても離婚だけはしたくないという気持ちが理江の心の片隅に依然として残っていた。

慎ましいながらも拓也との生活は楽しかった。夜、拓也が早々と眠ってしまうと、理江は限りなく深く淋しい孤独に襲われた。

政夫と生活していた日々が頭をよぎる。

笑顔の耐えない生活だった。

ふーとため息を吐いては、涙をぬぐった。夜はとにかく長い。考えれば考えるほど目はさえ、眠れない夜と化した。

同じアパートに住む、理江より7歳上の主婦佐藤芳江とは、時々顔を合わせることがあった。

芳江は、障害を持つ12歳の女の子を抱え、専業主婦をしている。

芳江の夫は、サラリーマンだが、中小企業の社員で、家計は何かと大変なようで、時々ピザや、リフォームのチラシを配る仕事をしている。

障害児がいては、いくら家計が苦しくても、外で働く事は出来ないと、いつか話してくれたことがあった。

チラシ配布は、1枚配って3円、とか5円の仕事で、せいぜい近所にまく枚数は、1000枚程度だと言っていた。

それでも、芳江は、時々入ってくるその仕事に携わる事が、とても楽しく、気分転換になる、と喜んでいた。

芳江の気持ちは、理江にも理解できる。芳江の娘は、時々大きい声を出しては、自分の気持ちを相手にぶつけるらしく、夜でも、昼でもけたたましい叫び声が聞こえてくるのだった。

「ギャー、ウワー、ダァー」静かな夜更けに、一段と高く、小百合と呼ばれる芳江の子供の声が響く。

アパートの住人は、何年もその声と付き合ってきた。

然し、今夜の小百合の声は、一段と高いように、理江には聞こえた。

二間しかないアパートで、芳江たちは、小百合と、夜も、昼も格闘している。

理江は、静かに拓也のそばに横たわった。

スヤスヤと寝入る拓也は、微塵も動かず安らかに寝入っている。

理江は、拓也の顔をジーと見つめていた。

理江は、失業保険が、終了する間際にいた。

何が何でも、仕事に就かなければならない。

然し、適当な仕事は、ほとんどない。

「小さいお子さんがいても安心して働けます」と記された生命保険大手の営業社員募集のみが、理江の前にぶら下がっていた。

ダイヤモンド生命と言う会社である。

今まで生命保険とは縁のない世界であり、営業と言う職種にもまったく無知の世界にいた理江だったが、「子供がいてもいいです。」と、明記して社員を募集している企業は、生命保険会社しかなかった。

誰にも、相談できる状態ではなかった。

ただ一つ救いなのは「小さいお子さんがいても安心して」のひとことに、乗ってみようと、理江は思いかけていた。

それは、不安だけの決断でもあった。

第3章　保険会社の営業

理江は、150枚程の履歴書を書き続けた結果に得た職業、それがダイヤモンド生命保険相互会社の保険募集の外務員だった。

採用はいとも簡単だった。

簡単な面接と高卒以上の学歴と、常識問題のペーパーテストがあった。

そして、それから保険営業社員となるための初級試験テスト受験対策の勉強がスタートしたのだ。

何が何でも仕事に就かなければならない崖っぷちでの決断だった。

同期に入社した社員は10人だった。

10人とも女性ばかりで、しかも、シングルマザーが、5人だった。

30代から40代、1人は50代の、他生命保険外務員を経験した人であった。

生命保険会社の保険外務員になる為には、生命保険協会の共通テストに70点以上で合格しなければならない。

金融庁にも届け出義務が必要である。

ダイヤモンド生命では、教育トレーナーがいて、テスト合格まで責任を持ってみてくれた。

トレーナーは、色白で、小柄ではあるが、顔の堀が深く、エキゾチックな高山美香という女性だった。

高山は、３年前は私も、あなたと同じ机で、同じ勉強をしたのですよ、頑張れば１０００万円もの年収がすぐ手の内に入りますから……。と、いとも簡単に話す。すると、同期の、50代の女性が理江に顔を摺り寄せ、「彼女、部長の女らしいよ」と、小さい声で耳打ちした。

理江は、何の事かわからなかった。

勉強中もさまざまな情報が、飛び交っている。

理江は、トレーナーの話を聞きながら、巷の声にも、聞き耳を立てた。初めての、営業職に対して不安で、不安でならなかった。

理江はトレーナーの話を信じながらも巷の情報もまったくうそではないな、と思わずにいられない事が、沢山あった。

「簡単に高収入が得られる仕事があったら、主婦ではなく男性がバリバリ働く職場のはず…。そうでないのは、やはり使い捨て、裾野を広げていく為の先兵として「お子さんがおられても安心して…、の職場なのかもしれない。」理江は自分のようなシングル家庭の女性も多く働いていると面接員から聞き安心して入社しただけに判断が甘かったと悔やむ気持ちが芽生えていた。

勉強はセールスマンの心構えから入り、日本国内では95％以上の世帯が平均5件くらい加入している事実に驚きその人達に生活設計を踏まえたライフ・コンサルタントとして信頼を得ること。

正しい知識と親切、そして誠実なセールスマンになるまでの知識をこれでもか、これでもかと詰め込まなければならなかった。

生命保険は「一家の主な収入を得ているものが死亡した場合、残された家族の生活への影響を考え、相互扶助の理念によって助け合うしくみ」だ。

日本では1867年に「福沢諭吉がヨーロッパの近代的保険制度を紹介した。」ことが発端となり、明治時代に入って生命保険会社が設立されたことも理江は初めて知った。

一生を通じて常に収支のバランスが崩される危険にそなえて契約成立のその日から、即座に大きな保障が得られる生命保険、それは、最も合理的な集金方法で、人間の英知の結晶といわれている。

医療、老後資金、子供の教育、住宅などの資金を確保する方法として、幅広い機能を持っている生命保険の力は大きい。

特に核家族となり、経済生活に必要な保障は自己責任において準備しなければならない現代では、普及するのも早かったのだろう。

男性平均78歳、女性平均86歳の平均寿命を生きる為に準備する額は考えても見ない数字になることも理江には新しい発見だった。

「若い人の死亡トップは自殺や不慮の事故、中高年層ではガン、心臓病、脳卒中など成人病で死ぬ確立が高い。

これらの対応策としても保険の役割は大で、私達の仕事は社会的に重要な役割をになっている。」

育成リーダーは、なれた口調で、サラサラとテキストどうりにテキパキと、ページをこなしていく。

育成リーダーは自身ありげに、新入社員を見回しながら言い切った。

「生命保険の契約高は国民所得の約6倍2兆円くらい。家庭の経済準備に生命保険が重要な役割をになっているのです。自信を持って仕事をしてください。」

「ひとりは万人のため万人は一人のために」という相互扶助精神が根底にあって、大勢の人がわずかずつのお金を出し合って大きな共有の準備財産を築き、出し合った人の中に万一のことがあった時はその中から仲間の家族にまとまったお金を出し経済援助を行う。

公平な危険分担をしながら、保証機能と貯蓄機能を兼ね備えている。

「保険は四角、貯金は三角」の意味も興味深い。

なぜなら保険料を一回支払って事故になっても契約した金額の満額戻ってくる。

補償額3000万、月額保険料6200円でスタートし2ヶ月後に事故に遭ったら3000万が入ってくる。

貯金なら12400円の残高があるだけだ。

上手に利用しようとすれば、相互扶助としての保険の役割は大だ。

保険は保険会社によってさまざまな商品がある。

しかし、大きく分けると三つしか種類はない。

一つは期間を限定し、その間安くて高い保証を得ようとする掛け捨て型、終身にわたって保証が続き、途中で解約しても貯蓄型のように解約金のある終身型、期間を限定して保険と貯蓄を確保する養老型と非常にシンプルだ。

理江は社会の希望する保証と、保証商品の知識、その知識を会社に伝達する役割をになう保険外務員に少しずつ興味を持っていった。

すると自然に周りから聞こえてくる雑音が消えていった。

生活を賭けて営業社員として働かなくてはならない理江にとって、一つ一つの悪い例がすべてではないことを信じて前に進むしか方法はない。「嫌なら辞めればいい」とか「生活に変化をつける」といった安易な選択は出来ない。

生命保険外務員制度の歴史を学ぶ中で、その中心になったのは理江のようなシングルマザーであったことも一つの励みになった。

戦前、大正末期から女性が保険外務員として働いていたこと。戦後、大手生命保険会社の社長が、「若い未亡人が生活で困っている、そういう未亡人を使って営業したらいいのじゃないか、死ぬか生きるかでやるから一生懸命やるだろう」とシングルマザーを採用したという話も、リーダーは面白おかしく話してくれた。このスタート型の生命保険会社も追随し、遺族会を強力機構とする会社もあったほどだったという。

今は、保険営業法で保険販売規定が、決められているが、その頃はなかった。

昔は生命保険会社に入れば全員が登録され保険を販売することが出来た。そのために、未熟な商品知識によって商品を購入した国民に多大の不利益を生じさせたこともあったようだ。

現在のような資格や登録制度となったのは１９７４年からだ。

最低８日間以上の研修を受け、生命保険協会が行う一般課程試験に合格することが、保険商品を販売する条件になったのだ。

理江はその資格試験を受験すべき何千人の中の一人だった。なぜなら毎月、そのテストは実地され毎年10万人以上が新入社員として保険会社に採用された。

またそれと同じくらい外務社員は退職するということも知った。

国内生命保険会社で働く保険外務員はピーク時45万人もいたという。

４分の１くらいずつ退職していく計算だ。

10年経つと１００万人くらいが元生命保険外務員経験者となる。

どんな業種をとっても、これほどすさまじい使い捨て型労働者はいないだろう。

もちろん女性だから出来たのかもしれない。

そうして成長し続けたビック業種が、保険募集外務員だ。

この業界で生き残るのは至難の業ではないな、理江はこの業界のことを知れば知るほど、
大変な職場に足を踏み入れたことに気づいた。

だが、理江は今辞めても、履歴書を書き続けた日々にふたたび戻らなければならない現実が待っているだけだと心得ていた。

一般課程試験は合格率97％前後ともいわれている。理江は100点でそれをクリアした。試験が終わると、いよいよ外に出る営業が待っているのだ。

理江は上司より、自分が重点的に保全するエリアを提示された。

その、エリアマップを片手に「なじみ活動」といわれるチラシ配りがスタートした。

一日中歩き続けていると、夕方足がパンパンに膨れ上がった。

家に帰ると、拓也のことも、食事のことも、とにかく手抜きをして早く横になることばかり考えた。

チラシ1枚は軽いが、100枚、200百枚をかばんに入れると、ずしりと重い。

毎日5キロから6キロくらいのかばんを持って、とにかく一軒、一軒回るのだ。95％以上の保険加入世帯、一世帯5件以上の加入という世界一の生命保険大国日本。

その隙間を縫ってコツコツと契約者を増やしていく女性の地味な活動がどれほど大変なことか、理江には誰にも口で言う気がしなかった。

孤独な時間との戦いだった。

試練は始まったばかりだ。

どんなに上にいる立場の人でも、理江と同じスタートを切ったはずだ、と思うと安易に「大変だ」という気持ちになることが出来なかった。

「とにかく3ヶ月はやってみよう」理江は自分にそう言い聞かせていた。

「こんにちは、ダイヤモンド生命です」理江は出来るだけ大きい明るい声を出して戸別訪問を行った。既契約者宅を訪問する時は気持ちが少し楽だった。

何といっても当社を少しでも理解してくださっていると思うからだ。

でも国内生保が数十社もある。

「今日あんたで4人目よ、生命保険会社の人はしつこいわねぇ、仕事があるんだからいいかげんにしてちょうだい」とか「保険なんて一回入ったら、しょっちゅう変えるもんじゃないでしょう、家は十分入っているから」と白い目で見る人も多い。理江は打ちひしがれ、そして自分が惨めになった。

「保険会社は沢山あります。でもダイヤモンド生命は大変お安くお客様にとってメリットのある商品を扱っております。現在御加入しておられる商品と比較してくださいませんか、と切り替えしなさい」と上司は教えてくれた。

その言葉は頭に浮かんでも客を前にして何も言えず、引き下がるしかなかった。

「私は営業に向いていない、どうして営業なんか始めたのだろう」理江は一日に何回も同じ言葉を口の中で唱えていた。

そうつぶやくことで、惨めさを少しでも和らげようとしていたのかもしれない。

理江の担当エリアは医者や商店街が多く、その周りには高層マンションや大型アパートが隙間なく林立している。

建物には人間が何らかの形で出入りするのだから、営業活動フィールドとしてはベストコンディションだ。

「とにかく一つずつつぶしていきなさい」上司の言う通り理江は一件一件何も考えずに回ってみることにした。

何ヶ月かが過ぎた。

特に何の成果もなく、虚しさと佗しさだけが理江の周りに漂っていた。

そんなある日、理江は１００人ほどの社員がいる製紙会社の取締役である工場長の佐川武雄から声をかけられた。

「毎日大変だね。どうだい、儲かりまっか」長身で50代の佐川は少しおどけた口調で理江に近寄ってきた。

以前、何度か短い会話を交わした人物だっただけに理江は「工場長、儲かりませんわ、何とかなりません」と返した。

「会社にはセントラル生命が入っているからなー。あんたなんでここに来たんだ」と尋ねた。

「いや、工場長がいたからですよ」理江は冗談交じりに答えた。

「ハッハッハッハ」細身の工場長にしては大きい声で笑った。

「明日なら時間があるけどな、5時ごろきてみろよ」ぶっきらぼうにそういうと、工場長はさっさと事務室に入っていった。

理江はその後ろ姿を負いながら、明日は土曜日で会社は休み、拓也と遊園地にいく約束をしていることがすぐ頭に浮かんだ。

しかし、もしかしたら、保険に加入してくれるかもしれない、という予感も工場長の後ろ姿に感じられた。

大口契約になるかもしれないな、と思うと拓也との約束をキャンセルするしかなかった。

家に帰り、拓也に遊園地行きの変更を言い出すと、拓也は、口をつきだした。

「なぜ近くの遊園地になったの」拓也の鋭い質問に、理江は、慌てた。急に仕事が入り。遠くまでいったら帰りの時間が遅くなることを正直に伝えた。拓也は「ふーん」といっただけて、何の変化も示さなかった。

時々キャンセルをした事があっただけにもう慣れたのか、理江は拍子抜けした。

「今日よい事があったら、拓也の欲しいといっていたオモチャが買えるかもよ」理江は工場長が保険の契約をしてくれるかもしれない、と独りで決めていた。

「ほんと、ヤッタゼー」拓也は両手を挙げ、小躍りした。

会社が休みの土曜日、理江は拓也と約束をし、急いで製紙会社に向かった。

土曜日、夕方４時の電車の中は、若いカップルや、家族連れで、混雑していた。しかし、通勤時間のラッシュ時とは違う光景がその場に展開されていて、理江には新鮮だった。

理江の目は自然に親子連れの行動を追っていた。

車窓からは、明るい秋の日差しが眩しい。

理江は、５時の約束時間に、小柳製紙会社の後ろの社員駐車場に立った。

工場長は何時もの作業着ではなく、淡いブルーのジャケット、ストレートのジーンズ姿ですでに車をとめていた。

頭髪は染めているのか真っ黒でフサフサしている。

［若い］理江は一瞬そう感じた。

「焼き肉がとっても美味しいところを知っているんだ、そこに行こう」工場長は止めてあった黒のボルボに乗ると、理江の希望も聞かず車のドアを閉めた。

理江はウールの茶色のスーツに黒の大きいかばんを持ち、ビジネスウーマンそのものだった。

助手席に理江が座るや否や車は動き出した。

どこにあるとも、なんという店の名前かも工場長は言わずにしばらく二人は黙ったままだった。理江はおむろに口を開いた。

「仕事のほうは順調なんでしょう？」すると工場長は「ああ、身内が社長や取締役だからなー、私は取締役と言ったって名前ばかりで何も知らされていないよ、とにかく毎日の仕事をきちんとやるだけだなー。」力のない声だった。

理江は横目に工場長を見つめた。

工場長は理江と目があうとニガ笑いをした。

理江は日頃、工場内で偉そうにしている、工場長のさみしい一面をのぞいたような気がした。

「まあ、経営者は大変だから特にバブルがはじけた後は…。」

「いいんじゃないですか気楽で…。」理江は少々おどけた口調で言った。

その時、さっと工場長の手が理江の膝に伸びた「ホテルに行こう」工場長は真剣な眼差しで理江を見つめながら言った。

理江は一瞬ドキッとしたが相手から目をそらし真っ正面を向いて言った。

「ジョウダンはヨシコさんでしょう。私は理江よ…。」信号は赤から緑になり車は動き出した。

工場長は何も言わず車を運転し続けた。理江は頭の中で想像した。

「工場長から保険契約をいただくのは辞めよう」と…。

しばらく車は無言のままで走り続けた。高速道路の入り口に来た時、工場長はラジオのスイッチを入れた。若者音楽のリクエストコーナーだった。

理江は音楽は好きだったが、ロックのように叫び、熱唱する声はあまり好きではなかった。

歌詞はほとんど聞き取れない、チャンチャカチャンチャンチャカの音を二人はしばらく聞いていた。土曜日の夕方6時近くの高速道路は渋滞10キロという表示が示すように車の帯が出来ている。

理江はどこまで行くかわからない不安を抱えながらも工場長は絶対もう手を出さないだろうと信じ込むしかなかった。

理江はこういった事を多くの営業社員から聞いていた事があった。

「女性が離婚していたり、独身であると聞いて、肉体関係を求めた上で保険契約をしてくれる男性がいる。」

という事や、女性社員の方も肉体を提供して契約に結びつける人がいる事等、男と女の関係は沢山聞いていた。また、その男が悪だったりすると、お金を巻き上げられたりするという事もあるときいた。

理江は小売店の女性から物を買うのを条件で契約をしてもらった事があった。その女性はあまり売れない衣服の山の中で理江に熱いまなざしを送ってくる。洋服に回るお金など持ちあわせてはいない理江だったが、その熱いまなざしに負けて、5万円以上の洋服を買ったのだった。

女店主は、ニコニコ顔で保険の申込書を書いてくれた。

そして「今現金がないから、口座から引くようにする」といって後日支払いの手続きを取るように理江に指示した。

しかし、何日経ってもその口座に入金はなく、訪問しても「今、手持ちないのよね、この洋服どう、あんたにピッタリよ、あんたもこれくらい明るい色の洋服を着るとステキよ…。」と話を横道に逸らすだけだった。

同僚にその話をすると「私もそういう人に会った事があるわ、バーター取り引きは絶対駄目よ、保険料なんか絶対続かないから、あんただまされたのよ。気をつけなよ、女の方が恐いから」と諭されたのだった。

理江は女性だけじゃなく、小売業の男性からもそれに似た契約をしたが、結局一回だけの保険料を支払っただけで続かなかった。

営業社員は契約をしてから、その契約が2年間続かないとペナルティーをとられる。

計上数字による歩合で給料が支払われるので、大口の契約が2年以内に消えると給料がマイナスになる事もある。

1ヶ月に一件も契約を取らないと上司の顔色が変になるので安い自分の給料から、自分や身内を保険契約し、保険料は営業社員が自腹を切って会社に入金する事も多々あった。

そうすると安い給料から差し引き受け取りが3、4万円にもならない人がいた。

その給料で一ヶ月は生活できない。彼女たちは夜の商売にすぐ手を出した。

「女を武器に仕事するのは、保険も水商売も同じよ」と平気で言っている声も理江は耳にした事があった。

日中は保険外務員のリーダーとして新人を指導し、夜は水商売に飾って出て行く女性もいた。

当然日中は家で寝ている事になるのだろう。

そうでもしなければ体が持つわけがない。

皆は知りすぎるほど、その辛さを知っていた。

「体をはっている人が多いのよこの世界は」という言葉もどこかで聞いた。

しかし、そういう人達だけでなく、淡々と仕事をしている人も多くいる。

理江はいいところを見習い悪い事には極力目をむけないでいようと思っていた。

「ギィー」その時急ブレーキがかかった。車の前方には救急車や警察の車が止まっている。

「ヤッタナ」工場長はボソッと言った。

大型トラックと、乗用車の追突事故で、交通規制中だった。

それでも、U字道路で車は走行できるようになっていた。トラックの前方は歪み、乗用車はクシャクシャだった。乗っていた人達は既に影も形もなかった。

怪我はどの程度だったのか、理江は体に寒気がするのを止める事が出来なかった。工場長はほとんど話をしなかった。

理江も同じだった。

車は一時間ほどして「イノシシの里」と言う料理屋の駐車場にとまった。

車は有に50台くらい駐車できるような広い和風の庭園の中にそれはあった。所々に灯篭があり理江は初めてみるその美しさに思わず「素敵ですね」と声を出した。

工場長は「そうだろう」と短く言った。

建物のなかは太い丸太や四角い柱など、自然そのものを生かしたような古風でいて、ロマンチックな内装だった。

来客は沢山いるらしく、部屋部屋からは、酒盛りのにぎやかな声があちらこちらから聞こえてくる。

理江は少し不安を覚えながらも、丸太をそのまま利用したような階段を上る工場長の後ろについていった。

通された部屋は八畳くらいで中央には炉があり、その上に網が乗っていて昔家の土間の面影があった。

「お客さんご注文は」と若い女性が元気のよい声をかけてきた。

「ビール2本、イノシシ3人前、おしんこ、野菜の盛り合わせ、味噌汁、五目御飯、まあそれをひとまず」工場長は理江に問うこともなく、メニュー一覧から目を離さず、一気に注文品をオーダーした。

理江は考えていた。政夫なら、自分に対して必ず「何にする」と聞いてから注文をしていただろう…。

「ここの、本当にうまいよ」工場長はお絞りで顔を拭きながら言った。

「楽しみですね」理江もお絞りを、おむろに右手にとりながら言った。

周囲からは大きな笑い声や、手拍子に合わせて歌う調子のずれた声が聞こえてくる。理江と工場長は黙ったまま、それらの音を聞くともなく聞いていた。

「お待ちどう、今夜は混んでますから遅れてどうも」店員は両手に注文品のすべてを乗せて、元気良く二人の部屋に入ってきた。

その声に理江はホッとした。工場長は炭火にイノシシ肉、なすび、玉ねぎ等を次々と乗せていった。

ジュージュー、パッパッ、ジュージュー、パッパッ、焼き汁と炭火とのかもし出す音の中で、二人の顔は浮き出され、陰になったりしている。

工場長はせっせと手を動かし具の焼き加減を見ては、ひっくり返している。

理江はぼんやりとその光景を見詰めていた。

こういうところに来たのは、政夫と恋愛中の何年も前だった。

そのころは何でも珍しく、政夫の行動の一つ一つに好意を持った理江だった。

焼きあがった肉も、お互いに遠慮しながらも楽しく食べ、そして大いに笑った。

失敗しながらの焼き肉だったが、炭で焦げていても、まだ生肉でも「美味しい」「美味しい」と二人で笑顔を交わしながら食べた時の事が、頭に浮かんでくる。

「ほら、もう食べてもいいよ、焼き過ぎだと硬くなって美味しくないからジャンジャン食べよ」工場長はぶっきらぼうに言った。

理江は工場長に目で挨拶をしコクンとうなずいた。

工場長は先にガッガッと肉を食べ始めた。

その様子を見ながら理江は思った。「この男は単純でよい人なのかもしれない、けれど、保険の契約は辞めておこう、後、後つまらない事にならないためにも…。」三人前のイノシシ料理は工場長がいくら食べても理江がいくら食べてもやはり多かった。

焼き網の上には黒こげがついた肉や野菜が残っているがもう手を出そうと言う気にはならなかった。

工場長はビールが入った勢いで、とにかくよくしゃべっている。

小さいころの田舎での生活、高校卒業と同時に九州から出てきて、今の工場に採用され、今は会長となっている当時の社長から可愛がられ、工場で働いていて今の奥さんと結婚する時は社長が仲人をしてくれた事。

奥さんは工場長より10歳も年上である事。

一人息子と娘は一流大学に入れた事。

娘は30近くになるが、結婚する気がまったくないので、心配で仕方がない事等、理江にとってはどうでもよい事ばかりをとにかくしゃべり続けている。

「ビールを飲んで運転して大丈夫だろうか」理江はウーロン茶を飲みながら、その事ばかりが気になって仕方がなかった。

二人が「イノシシの里」を後にしたのは10時過ぎだった。

ただひたすら食べただけの時間だった。理江は拓也の事が心配だった。

家に帰るには一時間50分はかかる。

拓也には寝ているように言い聞かせてきた。

もう寝ているだろうとは思うが、自分だけ美味しいものを食べた事への申し訳なさもある。

そして何より「何か買ってあげる。」と言った事を信じている拓也を裏切らなければならない事が残念で仕方がなかった。

帰路の車の流れはスムーズだった。反対車線は変わらず混雑している。

「ああー、しばらくぶりでたらふく食ったなー」工場長はぽつりと言った。

「美味しかったです。本当にありがとうございました。」理江は助手席に座った姿勢で、膝に頭が着くほど深深と礼を2、3回繰り返した。

工場長はカーラジオのボタンを押し「ツッコミ漫才」の番組を聞き始めた。

理江もその音に、聞くともなく引き込まれていった。

工場長は理江をＪＲの駅で降ろした。「栗田駅からあんたの家まで30分くらいだから、車より早く着くと思うから。」工場長は低い声で言った。理江はホッとした。「ありがとうございました。とても美味しかったです。」理江は頭を下げながら、自分の行動の浅はかさを悔いた。

駅で下車したのは、理江一人だった。

白髪交じりの、小太りの男性駅員は、理江にツカツカと近好き「気を付けて」と、一言言うと、再びカツカツと単調な音を立てて離れていった。

理江は家の近くのコンビニエンスストアに立寄った。

拓也が以前から欲しいと言っていたおもちゃを買おうと決めていた。

それはテレビの人気キャラクターの人形だった。

店に入るなり理江は即その人形を手に取った。「1280円」の定価がついている。理江は再び迷い始めた。

今月は生活が苦しい。1円でも出費を押さえたい、しかし自分が今食べてきた料理は「1280円」のこのおもちゃより高い。

また拓也にも淋しい思いをさせてしまった事を考えると、このくらいで済むのであれば…。

理江の手の中で、今テレビで人気のある漫画の主人公「キットマン」が立ったり、倒れたりしている。

キットマンの夢は拓也の夢でもある。

多くの子達に「きっと、いや必ず出来る」と言う勇気を与え続けているこの人気キャラクター「キットマン」を理江は買おうと思って入ってきたが、家計を考えると、迷わざるを得ないのだった。

真夜中のコンビニエンスストアーには男性の若い店員と高校生風の男性二人が週刊誌の立ち読みをしている姿と、水商売帰りだろうか、シースルーに近いワンピースを着て、ケバケバしい化粧をした女性があわただしく行ったり来たりしているだけだった。

理江は「キットマン」をじっと見詰めていたが、おむろに元にあった場所にもどした。

そして後ろ髪を引かれるような思いで店を出た。

理江がアパートに戻ったのは12時過ぎだった。

拓也はすでにスヤスヤと寝息をたてていた。

理江は何度か拓也を一人で家においで出かけている。

拓也は小さいながらも、一人で時間を過ごし、一人で寝ているのになれていた。理江は拓也の顔を覗き込み、その寝息を確かめながら、買わなかったオモチャの事を思い出し、少し後悔していた。

静かな夜だった。

理江は、急いで室内を整理し、台所に立った。

卓也が、一人で食べた食器が、食べ残しのまままちらばっている。卓也がどんな気持ちで、一人で食事をしたか、など考える事もなく理江は作業として無意識に、皿を洗っている。

理江は、2時過ぎに卓也の隣に横になった。

卓也は、ちょっと体を動かしたが、目を覚ます事はなかった。

理江は、横になってもなかなか眠れなかった。

それでも、何事もなかったように、新しい朝が始まった。

毎日、営業所では、朝礼が規則正しく行われた。

全員が立ち体操をする。次に社歌を歌う。

そして着席すると、上司が昨日の営業成績を次々と読み上げていく。

それと同時に正面にはられた個人成績表のグラフが伸びて行く。

理江の職場では、飛び抜けて高い成績を上げている女性がいた。

「小山美代子さん二億。」上司の声は今朝もその人の名前をあげていた。

周囲からは溜息がもれた。

ザワザワと言う声が一段と高くなった。

理江の隣にいる先輩が、理江の耳元でささやいた。「小山さん、高額契約の次の日は絶対に朝いないよ。自分で取ったんじゃなくて、部長がからんでるのよ。」と、いまいましげに言った。

杉本と言うその先輩は又、何か言いたげだったが、理江は耳を貸さなかった。そういう話は、尾ビレ、背ビレを付けて、メダカがクジラになる程、この世界は急拡大して話が触れ回って行く。

まったく根も葉もない事だったり本当だったり「何でもあり」の世界だった。そういう話にかかわっていても、何の進展もない。

そう理解していても、苦労が報われない事が多いだけに、何かにそのうさをぶつけなければ気が紛れない女性たちの台所話でもあった。

理江は小山美代子の成績が毎月ズバ抜けてよい事はうらやましい限りだった。月１００万以上の収入にはなるだろうな、と想像する事が出来た。

彼女は細身で色白な40代のシングルマザーだ。

美人とはいえないが、落ち着いた行動と、はっきりと物を言うその姿に、理江は尊敬のまなざしを注いでいた。

「自分の能力をすべて出しきり、結果に結びつけなければ…。」どんなにもがいても何の成果も得られない事を理江は強く意識するのだった。

それにしても離婚して女手一つで子供を育てる女性が周囲には沢山いた。

小さい子供がいては、普通の職場では採用すらない。

しかし、生命保険会社は採用するが何ヶ月かでポンポン捨てていく事になれきっている。「入る事も、出る事も拒まず」の世界だ。生活が苦しければ苦しいほど、その表情が営業に出るのだろうか、そういう人の多くは「あせり、もがき」で空回りし、疲れて退職して行く女性が多い。

「のんびり、あきない」のが、この商売を乗り切るコツよ「あせりは禁物よ」隣の杉本さんは独り言のようにつぶやいた。

理江は我に返り、その言葉を素直に受け入れていた。

理江は地道な営業活動が実り、確実に成績を伸ばしていた。

最低の生活ではあるが、拓也との生活が保てる状況は満たしつつあった。

理江は、後戻りより、前向きに、前向きに考えるようにしていた。

しかし、私的には、政夫との話は遅々として進展しなかった。

キャサリンの電話は以前にもまして激しいものになっていた。

しかし、理江はもう弱気ではなかった。

政夫がどういう気持ちで黙り続けているのか、その気持ちを確かめようとする気持ちも薄れていた。

ただ、自分から離婚する意思を伝えるのだけは、かたくなに拒み続けていた。小学校に入学する拓也にとって、父親がいるかいないかは、大きな違いだと言う事を理江は計算に入れていたからだ。

政夫からの振込みは3万円だったり、1万円だったりと毎月変化していた。しかし、0円という月は一度もなかった。

理江はそれだけで満足でもあった。

政夫は気が弱い人物である事を理江は一番よく知っていた。

彼が毎月銀行に行き、口座に振り込む姿を想像する事で理江は納得していた。

そのころ、弁護士もほとんど顔を見せなくなっていた。

だが、キャサリンの電話だけは以前ほどではないが、時々ヒステリックに、しかも昼夜関係なくかかってきていた。

録音テープは14巻にも達している。

理江は淡々とテープを積み重ねていきながら、この戦いがどのような結末を迎えるのか、まったく予想できなかった。

理江の頭の中は政夫やキャサリンの存在を重大視するほど、余裕はなく、目の前にある拓也の成長と、その生活を支えるための生活費を生み出す、保険契約の事が大きなウエイトを占めていた。

契約が出来なければ仕事を辞めなければならない、それは当然の事だ。

そして、毎月、毎月辞めて行く先輩がいる事も現実だった。

生命保険外務員は、数字でしか評価されない。

数字が全てだ。

自分の置かれた立場と、会社の置かれた立場の中で、数字が踊り、上司が太鼓をたたく。

ドンドコ、ドンドコ、ドンドコ、ドンドコ……。

その音におだてられ、数字の確保に、外務員は踊る。ドンドコ、ドンドコ…。然し、祭りは長くは続かない。

上手く踊れなかった者は、浴衣を脱ぎ、ボロ雑巾のように捨てられる。

「明日から来なくていいです。」

「他の社員とあまり話しをしないで帰ってください。」と、一人で帰される。

「昔から、生命保険の営業社員というのは、身近な家族や、親族を、保険に加入させたら、後は続かないから、退職するのがあたりまえだったんだよ。」と、教えてくれたのは、営業先の客からだった。

どんなに嫌な事があっても、理江は辞めるわけにはいかなかった.

昔から、女性社員の多くが、子供を抱え、生活の為に、汗水たらしながらもふんばった。

その歴史は、理江にも共通するものがあった。

２００４年3月を最終として日本のビッグバンが終わりに入った。

銀行、証券、保険等の企業がかぶっていた傘はすべてたたまれ、激しい雨風の中で戦いが始まる。

銀行窓口でも、証券会社でも、あるいは一般企業でも保険は販売できるようになった。

そうなった時、残れるのは、質の高い企業と、質のよい保険商品、そして質の高い社員を配属できるところだけだ。

その波は理江の職場でもビシビシと感じる事が出来た。

一週間に一度はレベルアップ研修があり、ステップアップ商品販売研修も朝夕実施されつつあった。

保険外務員の仕事は勉強、勉強の積み重ねで成り立っている。

段階を追って資格を取得していかなければならない。

生命保険初級、中級、応用、変額保険販売資格、損害保険販売資格、保険大学6教科、銀行業務の財務、税務、そしてAFP、CFP、最上級のDFPと続く。

アメリカ等では弁護士と対等の位置づけをされている保険外務員の立場が理江は理解できるような気がした。

本当に多分野にわたって勉強しなければならないからだ。

主婦の片手間の仕事ではとても長続きできないだろう。

いや日本国内に生命保険加入者を95%普及させるには多くの主婦を駆り出した方が得策だったかもしれない。

知人、友人、を紹介して契約の手を伸ばした底力は、確実に「日本に主婦保険外交員あり」を位置づけた。

それほど能力がなくても、その根は全国に張り巡らされた実績が物語っている。しかし、今後は片手間主婦の能力では戦えないだろう。

武装した兵士が、本気で訓練をし、激しい戦いの結果、成果を勝ち取っていく戦場と化している。

足で稼ぐ時代ではなく、頭で稼ぐ時代に変わったのだ。理江は、戦いに勝ち続けていた。少なくても、負けてはいなかった。理江はある会社で、社長が元保険会社の社員だったという男から、私達事務方は給料が良かった、30歳で、確定申告しなければならないくらい高かった、もちろん辞める人は1年に1人か2人、家業を継ぐ人くらいだった、あんたらは別だよね、その馬力で我社のフルコミッションの営業やってくれたら、うれしいんだけどなー……。あくまでもムシの良い言葉で理江をみるのだった。理江はにぎりこぶしを強め、言葉を発するのをやめた。

第4章　ピカピカの1年生

桜が咲く季節は、誰の元へも公平に届けられた。

理江は拓也の小学校入学式という晴れ舞台にデビューする日を迎えていた。

その日は、雲ひとつない晴天だった。

昨日まで保育園児だった拓也は、紺のジャケットに、グレーの半ズボン、ピカピカのランドセルと革靴を履いた小学一年生、そのものだった。

ランドセルは夫の父、母からのプレゼントだった。

政夫からも学用品と3万円のお金が郵送されていた。

理江は机を新調し、それなりの形を整えて、この日を待っていた。

拓也の喜びは理江の喜びでもあった。

「お母さん、みんなのお母さん着物だね。」拓也はアズキ色のワンピースを着た理江に向かって淋しそうにいった。

「お母さん、入学式終わったら、お仕事にいかなければならないの、着物はお母さんも持ってるわ、九州のおばあちゃんに買っていただいたのがちゃんと、でも、着物のまま、お仕事にはいけないでしょう」と理江が言うと「チェ」と拓也は舌打ちした。

周囲は黒や、金糸や銀糸の華やかな刺繍をした着物を着た母親と子供の集団だった。

理江は、地味な小豆色のスーツ姿だった。

拓也は政夫に似たのか、細身ではあったが、小学一年生としては身長が高かった。

式場に並んだ新一年生の列の中で、ひときわ高い拓也の姿を遠く親の控室で眺めながら、理江は政夫と拓也の顔をだぶらせていた。

拓也は「1年5組」の45人の中にいた。

キョロ、キョロ、キョロ周辺を見渡す子、上を向いている子、下を向いている子、さまざまな動きをする子供たちの中で、拓也は先生の言うとおり、きちんと行動している様子に理江はホッとしていた。

40歳代の女教師は、メガネを振り落とさんばかりに頭を動かし、そして大声で話を続けている。その話をどれくらいの人が聞いているのかわからないが、子供たちは少しふざけつつ時が流れていた。

理江が時計に目をやると、10時からスタートした式は11時20分に達していた。

午前中は年休、さして午後13時30分からは生命保険協会実地の共通試験「応用課程」が理江を待っている。

理江のかばんの中には分厚いテキストと、応用問題集が2冊はいっている。

昨日から今朝方まで、暗記していた問題集たちが、早く開いてもう少し勉強しろよ、と急かしているようでもあった。

応用課程のテストは計算問題も出る。

「33歳で夫が死亡、30歳の妻と7歳と5歳、2歳の子供が残った。夫の給料は月額30万円として、必要補償額を計算しなさい。」というような計算や、相続問題、不動産や貯金、その他の問題等とにかく多分野から提出される。

60点以上取らなければ、再試験を受けなければならない。テストは非常だ。他力は望めない。

理江の頭はゴチャ、ゴチャだった。拓也の式に安心し、テスト勉強が満足に出来なかった事を反省し、少しでも時間が取れれば、テキストを開きたい、と心の中で叫んでいた。

周囲の華やかな雰囲気の中で同じように時は流れていく。

理江の心を知る人は誰もいない。

そして理江の隣に座っている女性の気持ちも理江には分からない。

時々目を合わせ、笑顔を交わす事はあっても胸のうちはわからない。

だからこそ、何百人もの人達が体育館に集まり同じ行動を事もなく行えるのだろう。

レントゲン写真のように、一人一人の心が第三者に分かるようだったら、とても安心して行動を共にする事は出来ないだろう。

理江は一人苦笑いをし、つかんでいたハンカチーフを握り締めた。

入学式場を早々に出て、理江は保険会社の試験場に入った。

応用試験は生命保険の基礎知識を覚えているという前提に、問題は作られている。生命保険のセールスの心構えと役割、信頼されているセールスマンになるために守らなければならない事等が、四択方式になっている。

生命保険を必要としている社会背景や必要額、お客の動向を把握しつつ、次なるステップに進む。

生命保険の相互扶助のしくみ、公平な危険分担、そして顧客に合った的確な商品の選択と予算に合った必要補償額の算定等、５年先、10年先を見越した準備金のプランをお客の生活内容から作成していく。

単なるテストのためのテストではない。

信頼して自分に見積もりを依頼してくれた客の前で、真剣に設計するような気持ちで答案用紙とにらめっこする理江だった。

生命保険の社会的役割は量、質共に日本社会に欠かせない重要な位置を占めている。

それだけに安易に加入したり、不正に使われたりしてはいけない、絶対的量の保険金は人々の生活資金として感謝と安堵の溜息の中で受け渡しされている。

人生のライフサイクルの中で、出生、学齢、就職、結婚、育児、病気その他不幸が加わりながらも老後までの段階は人生の生活周期として多額のお金を必要とする。

それらの予想を考え、あらかじめ資金の準備をしていく、これが保険の良さだ。

苦しい時期に保険として小額の出費をしていく事が大切である事を社会に訴えていく事が営業社員の重要な役割である。

保険は病気になったら加入できなかったり保険料が高くなったりする。

又、若い時なら保険金5000万円の契約でも1万円ちょっとで買えるのに、50代で5000万円の契約をするなら10万円ともなり兼ねない。

その差を数字で示す事で保険に対する意識も違ってくる。教育資金も契約者が不慮の事故で保険料が支払えない状態になった場合には、支払いは免除となり、子供の教育資金は保証される。

住宅資金の準備や、夫が定年退職してから20年以上も老夫婦だけの生活がある事を考える機会を与える事も、数表にして、若い時に判断していただく事の大切さを訴えていく。

各家庭で将来必要になる資金とその時期をお客に想定させながら、その額の大きさと、いかに計画的に準備していくか。民間の自助努力商品として、沢山準備されている。

保険金も、人目に触れなければ、ほとんど理解されないまま、社会の片隅に置き去りにされたままだ。

ライフスタイルの中では、収入よりも支出が上回る時期がある事など、考えない人々にとっては、早くから準備しておくための必要経費だという事を理解させる数値を目の前で提案する。

遺族となった場合の生活資金、老後生活資金、住宅資金、教育、結婚資金、不慮の予備資金等、経済準備を正しく把握する機会を持たない人々への啓蒙、その準備に安い費用で取り組める保険の存在は大きい。

現在、マスコミで騒がれている保険金事件は確かに重大な反社会的行為だと思う。

そして思う、正しく使われている大多数の人々のためにも不正行為は正しく裁かれて欲しいと……。

理江は応用課程のテストが終わっても、保険の事が頭から離れなかった。

60点以上の成績が得られたかどうかは問題ではなかった。

保険という重要な商品を正しく販売する事の重さを再発見する機会でもあったからだ。

元保険販売員はその辺を歩くとゴロゴロ転がっている。

その人達が社会に広げたよい情報、悪い情報は、生命保険外務員のプロのセールスマンとしてスタートしたばかりの理江にとって、良くも悪くも反面教師だ。正しい保険知識、顧客の立場に立った経済準備、数十社以上もある生命保険会社の扱う商品の理解と自分が扱う商品の位置付け等、責任ある仕事をしている自覚の欠如が方向を間違えないようにと心に誓うのだった。

試験が終わると、5時だった。

理江は、試験から開放された安堵感を味わう隙もなく、主婦に戻り、夕飼の献立を考えながら家路に向かった。

家に戻ると、待ちわびたように、新しい机にうたた寝している拓也の姿が見えた。

アパートに戻った理江は、新しいランドセルがテーブルに横倒しに置かれているのをまず直した。

チクタク、チクタクという柱時計の音だけが何の変化もない一室を映し出している。

入学祝いにわく夕食を囲むだろう多くの家庭とは別世界の一駒、これもまた、ピカピカの新一年生が誕生した日であった。

拓也は保育園時代より早く家に帰る。

理江は拓也を学童保育に入れる事も考えた。

しかし、拓也は小さいころから管理された所で育ってきたせいか、学童保育に入る事を拒んだ。

学校から帰ったら自分で約束を守って遊ぶと強調する。

理江は拓也の言う事を認めつつも、不安は募った。

「大丈夫だよ」という声にも一抹の不安は隠せなかった。

理江は極力、拓也の帰りに合わせて自宅に戻り学校での生活を聞き、そして安全な所で友達と遊ぶように言って聞かせてから会社に戻る生活をしていた。

拓也のオヤツを準備し、後ろ髪を引かれる思いで再び保険外務員としてアパートを後にする生活だった。

二人の生活を維持するためには、とにかく契約を取らないと、その会社には在籍できない。ピカピカの一年生は、様々な環境のもとで育つしかない。

拓也が幸せとはとてもいえない生活だ。然し、それでも、新しい小学一年が誕生したうれしい日の夜が誰の元にも同じように訪れていた。

時折、春の嵐が吹き荒れている。桜の花は、風の中で何を想い、時を過ごしているのだろうか。カチカチという時計の針の音だけが理江の耳元で囁いている。

第5章　保険外務員仲間

理江の職場には同じような家庭環境の者が何人もいた。

その人達とは洋服の交換や、食品の交換等、保険以上の相互扶助を行う生活だった。

中でも病弱の子供を抱えた中山優子は大変だった。

5人の子供がいる。暴力を振るう酒飲みで無収入の夫とは、着のみ、着のまま別離した。

40歳の優子はパート勤めで生活を維持していたが、少しでも高い収入を求めて保険外交員にトラバーユした人物だ。

細身で色白の彼女は暗かった過去など微塵も感じさせない。

笑顔を絶やさない女性だった。

どうしてこういう女性が、そういう男性と結婚したのか、誰もが疑う。

「バカな男なのよ、最初っから…。だから捨てられなかったのね。私も馬鹿だから、ついつい同情しちゃってズルズルよ、両親はそりゃ反対だったけど、若気のいたりよ。」優子は時々自分の身の上をボソッと語る事もあった。

だが理江も同じ身の上である事の仲間意識からでもあっただろう。

後ろを向いている暇は二人にはなかった。

優子の長女は高校二年生、成績は優秀だと聞いた。

学業とアルバイトで家計を助けている。

時には職場に顔を出す事もあったが、小柄で色白、ポッチャリした体形は父親譲り、人のよさそうな性格は、優子そのものだった。

中学三年生は男の子で、角刈りに少し剃りこみが入っている顔立ちが気になるが、人柄は優子似で、弟妹の面倒を一番よく見ている。

もちろん本来なら中学一年だが、病弱であまり学校に行っていない弟のよい兄でもあった。

一番下の女児は小学三年生である。優子から言わせると、「もう産まないって思っていたのに、本当、本当、六ヶ月くらいになるまで妊娠したなんて知らなかったくらいだったのよ。もし早い時機にわかっていたら産んでなかった子よ。」とぼやく優子をよそに飛びきり明るい「由加ちゃん」の存在は彼女の家庭の中心でもあるようだった。

拓也も由加ちゃんの世話になる事が多かった。

小学三年生とはいえ、苦労して育ったせいか、人の世話をする事に労を感じないような由加の態度は、周囲を励ました。

拓也が元気に生活しているのも「由加ちゃん」のお姉さん的存在が影響しているのかも

しれないな、と理江はいつも思っていた。

アパートは狭い二間であったが、家賃が5万円もかかり、収入のほとんどは食費に消える生活だった。

優子の実家から定期的に振り込まれる5万円は「子供の教育費のみにしたい」といい続けているが、それも生活費として消えているようだ。

優子の営業成績もあまりよい方ではない。

保険外務員としての時間よりも、子供を育てる時間に費やされる時間が多いのだろう。

身も心もクタクタになりながら、それでも明るく行動している姿に、理江は見習うべき何かを感じていた。

「苦しいと100回言って消えるなら、200回でも言い続けるけど…」そういう優子にかける言葉は理江にはなかった。

「そうね」返事はいつも同じだった。

理江の生活は政夫からの振込みが、1万、2万に変わったくらいで、貧しい生活に変わりはなかった。

優子の生活がいかに大変かは手に取るように分かる。

それだけに、言葉よりも何よりもお互いに助け合う無言の行動が優先していた。

子供を抱え、精神的に追い込まれていったら、営業活動はさらに駄目になる。

退職していく何人もの女性を見送りながら、同じ境遇の外務員たちは明日は我が身と気を引き締めるのだった。

それ以上の事も、それ以下の事も彼女たちには残されていない。

たまたま上司であった人でも、大きいうねりの中で、何をなすべきか等、明確な物は何も持ち合わせてはいない。

「ご苦労様でした、元気でがんばってください。」深々と下げる頭に白髪は一本もない。

将来に向かって階段を上り続けなければならない意気込みだけはビンビンと伝わってくる。

働く女性の情熱と熱気が「やる気、根気、のん気」と大きく書かれた職場のタイトル文字、その意味は遠くからでも伝わってくる。

「奇麗事じゃないの、結果がすべて、契約がすべてよ、どんな手段だろうと、結果を出せばいいのよ。」圧力にも似た力がその職場にはあふれている。

成績表、目標数字グラフ、個別ランキング表、査定までの未達者リスト、達成者の海外旅行日程表と、美しいメモリアルカラーポスター、など、など、どれもこれも刺激的、効果的にレイアウトされ、営業社員を駆り立てる。

人参を口元にぶら下げられ、空腹のまま走り続ける馬の、それとダブる。

息切れしたらだめだ、息切れしないよう、あえぎながらも走り続けなければ負け馬になってしまう。

逃げ出したとしても、何の価値も見出されない馬としてどんな生活をたどるか、彼女たちは理解していた。

そして、それを理解した上での、人参である事も、十分わかっていた。

程よい距離にある人参は、確実に馬を動かすのだ。

理江の、職場に近いビルに入っているリフォーム会社がある。

その会社は、毎朝7時くらいから40~50人で、ランニングをしている。

男性ばかりの社員が、大声を出しながらビルの周りを、かけている姿に理江は、初めは違和感があった。

然し、毎日その姿を見つめていると、その一丸がまるでいとおしく映る。

家族がこの姿を見たらどんな想いをするだろうと、時に立ち止まって見つめる理江だった。

結果でしか物を図られない職種の群れは、早朝のマラソンから始まり、夜10時11時までの、ミィーティングまで拘束される。

激を飛ばし続ける方も、聴かされる方も命がけだ。

理江は、ずしりと重いチラシの入った鞄のもち手をかえた。

木枯らしが吹く寒い朝だった。ジットリと汗ばむ手を理江は、じっと見詰めた。

第6章　義父の死

拓也は小学二年生になった。そんな時のある日だった。

政夫の両親は、拓也と理江を自分たちの家で生活させたいと申し出てきた。

義父が病気がちになり、義母は理江の手を必要としていた事も一因だったようだ。

まだ籍がはいっているとはいえ、政夫とは3年以上の別居状態である。

理江はその話に乗る気は微塵もなかった。

義父母の落胆は大きかった。

政夫とキャサリンと二人の子供を、同居させないという義父母の気持ちだけは、ありがたいと理江は思った。

理江は今更、義父母におんぶしようとも政夫を憎もうともしなかった。

何かのきっかけで、崩れ去った家族が、精一杯自分の努力で生きる、そう生きる事が最高の幸せであると今は思っていた。

キャサリンからの電話も、自然になくなっていた。

籍を抜くか、抜かないかは、もうすぐ政夫が判断しなければならないだろう。

彼らの子供たちはもうすぐ学齢期を向かえる日が近づいている。

理江は他人事のように頭をかすめる現実に立ち止まりも、振り返りもしょうとは思わなかった。

働いて生きる。

一人でも拓也は育てていける。という、たくましさが、少しずつではあるが、確実に育まれつつあった。

泣き言を言っている時間は少しもなかった。

理江は営業社員として、確実によい階段を上っていた。

次々と迎え撃つテストにも、難無く合格していた。

今は変額保険販売資格試験と損害保険販売資格試験とが一週間後に迫っていた。金融の自由化、その言葉が生活に何のなじみもない、低い生活をしている外務員たちにとって、テストそのものは暗記して、合格点60にすればいい、それだけの価値しかなかった。

それでも変額保険を希望する顧客がいれば、それに対応していかなければならない。販売資格を持っていなければ、お客の信頼に応える事が出来ない。ただそのためのテストでもあった。

生活の要である金融とはいえ「一部の者の気まぐれで高くなったり、低くなったりする金利」くらいしか、なじみはない。

金利自由化と業務の多様化は保険外務員にとって避けては通れない密接な関係でもあった。世界の動きや、日本国内の流れは、金融なくして語れない。

「国債の大量発行」が何を意味するのか、金融の国際化、公社債市場や海外市場などと言うに及んでは、理江たちにはまったくチンプン、カンプンな内容ばかりである。

「変額保険販売資格試験」そのものが、市場金利連動型で動くように、テストを受ける人達は、まったく関わりのない金とのなかで、架空の理論として頭に詰め込む作業を繰り返しているようで、少しこっけいでもあった。

昭和61年10月からスタートした資産運用の実績によって、保険金額等が変動する変額保険に対するニーズは高まっていった。

貯蓄に対する「安全性」「収益性」も金融の自由化の進展に伴い「安全性」は低下し、「収益性」が上昇していった。

そういう時に顧客は変額保険に目をむけた。

変額保険は資産を株式、債券等の有価証券に投資して、その運用実績に応じて保険金額が変動する生命保険だ。

株価その他は毎日変動する。評価差益、売買差益等総合的な利回りを追求し、高い収益が得られる事もあれば、為替変動、株価低下の変動等で満期保険金額や解約返戻金が変わっていく。

この契約責任は契約者本人にあるとはいえ、安全性からは遠ざかり、利益、損失の追求が主力となっていく。

もちろん、一生涯の保証は確保できるし基本保険金額は保証されているのだから、長期的な視野に立って行われれば、目先の不安ばかりではないかもしれない。

理江たちが考える資産運用は月額20万足らずの給料分配でしかない。

そういう人物たちは必至に変額保険の内容を理解し、お客に売り込みをかけなければならない。

テスト勉強、単なるテスト勉強と言えども格段の努力とエネルギーが必要だった。

理江たちにとってマネーゲームをする人間は遠い存在であると同時に、顧客にしなければ生活できない身近な存在でもあった。

両者の間に立って保険外務員は何と言うのが一番正しいのだろう。

「自己責任のハイリスク、ハイリターン保険です。余裕資金のある方はどうぞ。」60点確保できれば、とにかく理江たちの変額保険販売資格試験は終了である。

テストに不合格になってガッカリしている女性はいない、来年もチャンスはある。又、たとえ不合格でも、それを販売しなければ文句はない。たくましい女性たちにテストが不合格で、後悔している暇はない。小学校でサッカークラブに入った拓也も、家に帰れば食べて寝る生活で、手がかからなくなっていた。

理江にとっては、お金の不自由を除けば、全て自由で思いのままの生活だった。顧客も確実に増えていた。苦労が少しずつ、実っていくのが給料のアップとして現実化していく。少しの事で一喜一憂する事もなく、それなりの生活は出来る心の余裕が生まれていた。

そんなある日だった。「お母さん、今日、お父さんを見たよ。元気なさそうだった。」拓也は宿題帳から顔を離さず理江にいった。

「そう、何かあったんでしょう。」と理江はいった。

「うん、あっちの女の人病気だって。」と拓也はこともなげにいった。

「そう、お母さん、ようやく病気が回復したようなもんよ、あっちの女の人だって病気にくらいなるわよ。」と冗談交じりに言った。

「死ぬかもしれないって。」拓也はそう言うと初めて理江の顔をじっと見つめた。

その目はすわっていた。

理江ははっとしてその目に吸い込まれた。

一瞬空白の時が流れた。

「お母さんには関係ないよ、あっちの女の人の事なんて。」「ただ、お父さんは子供が小さいから大変なんだっていってた、それだけだよ。」拓也はすでに宿題帳に向かって何かを書きながら言った。

理江はそれ以上拓也に話し掛けなかった。拓也も宿題帳から目をそらす事はなかった。

理江も拓也も、自分から目をそらす事はなかった。自分のやらなければならない仕事があり、それが終わらなければ眠れない事を知っていた。

政夫の行動がどうであろうと、理江たちの生活が変わる事はない。

苦しみ続けた生活は確実に過去の思い出になりつつあった。

拓也の生活も定着していた。

貧しいながらも、夢を育てるのに十分な土壌がそこにはあった。

サッカークラブで力を付けてきた拓也は、学校生活でも上手に仲間と向き合っている様子で問題らしい問題は生じていなかった。

政夫の家庭に何かが発生したとしても、それは夫婦で解決していかなければならない問題だ。

今更、理江が口を挟む内容は何もない。

理江は拓也と後ろ向きに机をならべ、明日顧客に届けなければならない保険の設計書にマーカーペンで強調部分を塗りつぶしたり、注意欄を線で囲んだりと、せっせと作業に精を出していた。

別居から、5年後の夏の日の1日だった。

夕方、理江の住むアパートに義母が尋ねてきた。

義母は68歳であるが黒髪に染めているせいもあるのか、とにかく若い、化粧も元々上手な人であったが上品ないでたちといい、物腰といい理江には人生の先輩として見習うべき事が多い女性だった。

彼女は三人前の寿司と、近所で有名な和菓子のセットをお土産にしていた。

「しばらく、御無沙汰しておりましたわね、拓也も大きくなりましたよねえ、何もお手伝いいたしませんで、本当にご苦労でしたでしょう…。」と挨拶とも、後悔ともつかないような会話を延々と続けた後、一息ついて「政夫、今大変なんですの、あちらさん、エイズになったんですわ。どうも後で生まれた子供もそうなんだそうですの。子供の方が変だと言う事から、母親の方も検査で判明したらしいんですよ。政夫はそうでもないらしいんですけど今の所、でも、将来なるかもしれないし、まったくどうなるか、私にはわかりません。そして、あちらさんは、子供を連れてフィリピンに帰りたいと言ってるらしいんですよ。それなりのお金を出してくれれば、今すぐにでも帰りたいと言ってるらしいんですよ、問題は政夫なんですけどね、彼女といっしょにそちらさんにいきたくないと言ってましてね。どうしたものかと悩んでますの。籍は抜いていないとはいえ、理江さんとはもう何年もだったでしょう、政夫も本当に困っているんですよ。政夫に一度理江さんと話をしたらと言ったのね。でも、あの子、そんな事とても言えた義理じゃないだろう…。と申しますんで、一度理江さんのお考えを、と思いましてお伺いさせていただきましたの……。」

義母はそこまで話すと、理江の顔をまじまじと見詰めた。

理江も又、義母の顔をじっと見詰めた。

政夫との関係を戻すなど考えてもみないし、ありえない。

今更、そういう問題を提案される事すら不愉快だった。

理江は何も言えなかった。

いや、言わなかったと言っていいだろう。

「まあ、理江さんに言っても仕方がない事はわかってますのよ、実は、夫も弱くなってまして、今病院生活ですの。2ヶ月かしらね、入院してから、どう、と言っても、胃癌ですの、もう末期らしいんです。本人もうすうす感じているようですわ、それでね、政夫が理江さんの事を心配しているものですから、ついお伺いしてみましたの。本来なら、とてもお伺いできる所じゃない、とは分かっておりますの。」義母はハンカチで口を押さえた。

理江は何かを言わなければならなかった。

政夫に対して、義母に対して、あるいは子供の病気…。とっさに言葉が出ないまま、目で義母の話に応じるのがやっとだった。

「政夫はあのとうりの子ですからね、父親もあと何ヶ月と知ってから、彼があちらさんと一緒に海を渡る気はないらしいのね、、私を一人残していけないっていってくれてるの。本当にやさしい子なんです。理江さんとの事も後悔しているようですけど、根がやさしい子なんでしょう。あちらさんに同情してしまったらしいのね…。本当にどうしたものやら、こういう事になるなんて…。」義母は、とにかく話し続けている。

そうでもしなければ、落ち着かないのだろう、ハンカチを開いたり、握り締めたりしながら、理江が何か言うのを待っている様子でもあった。

理江はお茶を入れにおむろに立ち上がった。何をどういって言いのか、言葉が見つからなかった。だからと言って、自分が義母の話の中に入る事には少なからず抵抗があった。「かかわりたくない」結論は一つだった。

「どうぞ、頂いたお寿司、拓也と一緒にどうでしょう、お義母様。」理江は出来るだけ、ゆったりとした口調で問い掛けた。義母はチラッと理江を見て「いえ、そんなお手間は…。夫も待ってますし、政夫もここ2、3ヶ月、家から会社に行ってますの。あの子も課長になりましたのよ、それなのに、あちらさんの病気が病気でしょう、移っていないかどうか、身も細る思いですわよきっと、可哀相に…。」と、言った。理江は寿司を食べるよう勧める事を辞めた。拓也は隣の部屋で何をしているのか、出てこようとはしなかった。「大変ですわね」理江はやっとの事でそう言った。「そうなんですの、あのこも本当に弱ってますわ。先日拓也に会いに学校の近くまでいったようですわ、そして拓也と二言、三言話が出来たと言って喜んでましたもの。俺、失敗した、と本当に後悔してましたわ。」義母は理江の方を真すぐ見つめながらいった。理江はその視線を避け、お茶をおむろに口に運んだ。

義母はそれ以上何も言わなかった。

「突然お邪魔して、ごめんなさい。主人は雄山病院に入院してますの、拓也にあいたいと申しております、もしよければ一度出向いていただければ主人も喜びますわ、きっと。じゃ、ごめんなさいまし。」と、義母は言いたい事だけ言うと、さっさとアパートを出ていった。

しかし、その後ろ姿は、こころなしか淋しげだった。

理江はその後ろ姿を見送りながら一人つぶやいていた。

「よい事ばかりあるわけじゃない、人生なんて短いわ…。」理江は、独り言をつぶやいていた。

「お母さん、おばあちゃん帰ったの、ウワァー寿司だ。」拓也はすっとんきょうな声を上げた。

「寿司」しかも義母がもたらした寿司は極上のものだった。

拓也にも、理江にも本当に久しく食べた事のない新鮮な海の幸だ。きらきら光っている寿司に、二人は複雑な思いを込めて割り箸を差し出していた。

理江は政夫と生活しようなどとは考えてもいなかった。

義母がどういう思いで自分のアパートに出向いたのか、半分わかるようで、半分認めたくなかった。

苦しい戦いが終わり安らぎを取り戻しつつある今の生活が乱されるのは不快だった。義母もそれは理解してくれただろうと理江は一人納得していた。ただ、拓也を義父にあわせなければならないだろう、とは思った。拓也にとっては祖父である事に間違いはない。拓也を可愛がってくれた事もあるよい祖父でもあった。「拓也、おじいちゃん病気なんだって、病院にお見舞いにいってみようか。」理江は、ウニの寿司を口にほおばりながら尋ねた。「いいよ、お父さんから聞いたよ、でもお母さんは行かないと思ったから僕、断っておいたよ、もうおじいちゃんじゃないんでしょ、僕の。」拓也は大好きなエビに箸を向けながら、いとも簡単に言った。

「そうか、政夫から聞いてたのか」理江は口の中のウニのとろけるような美味しさを噛み締めながら、独り言を言った。

拓也は理江の様子などお構いなしに、寿司とにらめっこをしては上手に口に運んでいる。よほど気に入ったらしく、ほとんど何も話をしないまま、口だけを動かしている。理江も又、同じだった。

その寿司は本当に美味しかったのだ。何も考える余地はないほどおいしかった。とても幸福なひと時だった。

その日から一週間も過ぎたころ、拓也は「おじいちゃん死んだって、お父さんにあったよ。」と言った。

突然の事とはいえ、理江は言葉を失った。

義母が尋ねてきた時は、相当重症だった事を今更ながら知らされたのだった。

「葬式は明日だって、いかないって言ったよ僕、いいでしょう、明日サッカーの試合なんだよ。」拓也は淡々としている。

理江はその言葉に返す言葉がなかった。自分も大切な試験を抱えているのだ。

理江は、損害保険の上級試験を明日にひかえて、自動車、自賠責、火災、障害、交通障害、その他、分厚い本と格闘してきた。

又テスト受験に対して、受験費用も安くはなかった。

可能ならば受験したいと思った。

しかし義父の葬式は一度きりだ。

受験は次でもできる。

理江は悩んだが、一人で答えを出す事が出来なかった。

「そうだ、実家に電話してみよう、母ならなんていうか。」理江は、そう思うや否や、ダイヤルを回していた。

「あー、理江、元気にしとるけ。」老いた母の元気な声が理江の耳元でする。

「ああ元気とよ」理江はそれにこたえるかのように方言で返した。

「明日、政夫さんのお父さんのお葬式なの、私には挨拶はなかったけど、拓也が政夫さんから聞いたらしいの。私はお葬式に出た方がいいの、それともでない方がいいの、ちょっと、困っちゃってね、母さんに相談しようと思ったわけよ、どうしたらいい。」理江は久しぶりに聞く母の声に心を躍らせながら、自分では判断できない事を打ち明けた。

「やめときなされ、あちらの義母さんが何も言ってこなんだら、行くべき事ではなか、嫁と思っとらんのに行ってどうする、あちらで困るがな、人手は十分あるがけん…。」

一気に話す母の剣幕に理江は黙ったままだった。

「古い家じゃけん、しきたりがあるとよ。あんたの出る幕ではなかでしょ。」

母は再び行くなと理江に注意した。

理江は母の言葉が正しいと思った。

政夫が理江を呼ばなかった事、それが明確な事実だ。

拓也にとっては祖父にあたる人物なので、政夫は拓也に声をかけた。

ただ、それだけだったのだ、受話器の向こうで力強く話し続ける母の声に、時々うなずきながらも政夫との拒離が遠くなった事を、今更ながら認めざるをえない理江だった。

「じゃけん、拓也の事、しっかり見とらなあかんよ、あんたは何にでものめり込む悪い癖があるけん、体だけはきいつけてな、じゃな。」母は思いの丈を話すと理江の心など確める事もなく一方的にガシャと電話を切った。

理江はガシャと言う音で、初めて現実に戻っていた。

「明日は勝つぞ、絶対勝つぞ、負けられん、負けてなるもんか、エイ、エイ、オー、」拓也は一人、洗面所の鏡に向かって大声を張り上げている。

サッカーの大会があるのだ。

理江はその声に苦笑いした。

古いアパートの木粋の窓ガラスをひときわ照らし出す明るい夜空が広がる。

理江にとって義父は「良い人」だったようにも思う。

ただ、もう少し、はっきり物を言ってくれたら、政夫との関係もこうならずに済んだかもしれない、とも思った。

拓也を可愛がってくれたのは事実だった。

拓也の耳は義父と同じ形で福耳、そして政夫もそれと同じだった。

義父はそれがとても自慢だった。

そんな会話が懐かしく理江の頭をよぎる静かな夜が横たわっていた。

拓也は朝早く元気に出かけた。

「勝つぞ、絶対勝ってくるからね母さん。」鼻息も荒く、ランドセルを背負い、両手にスポーツバックとサッカーボールを持ち潔かった。

その後ろ姿を追いながら、理江は、まだ決め兼ねていた。

義父はさらに遠い存在になった、それだけに、線香の一本だけでもたむけたい気持ちだった。テストに向かう姿勢もなんとなく力なく、頭の中は混乱している。しかし、昨夜母が電話で伝えてくれた事は事実だろうとも思う、一方的な感情で自分が義父の葬儀に出席する事で相手方や親類達に不快感を抱かせる事にもなりかねない。

理江は昨夜遅くまで勉強したテキストや、問題集をかばんに詰め込み、試験場に向うのだった。

試験場まではバスと電車を乗り継いでいかなければならない。

バス停に着くと10人前後のサラリーマン風の人々がバスがくるのを待っている。

理江は最後尾に並んだ。前の長身の男性は朝刊を広げて読んでいる。理江はその記事に大きく書かれている文字を見るともなく見ていた。

「母子家庭で15万人以上の凶悪少年事件」理江はその記事に少し不満を覚えた。

神戸の事件も、山形のマット事件、その他も両親が揃っている家庭で発生している。

片親のハンディを背負いたくて背負っている子供たちでも親でもない。

まして、母子家庭ともなると、経済的に恵まれない家庭が多いだろう。

その人達に更に負担をかけるような「母子家庭」を強調する事が誰のために良い情報なのだろう。

タイトルがマスコミ向けであればあるほど、理江には疑問が残った。

母子と言う肩身の狭い生活を更に狭くさせる何者でもないような気がする。

またその内「父子家庭対、母子家庭の比較」なんて出てくるかもしれないなー。

理江は自嘲気味につぶやき、苦笑いした。

両親が揃っていても事件が起きた時は誰のせいにするのだろう。

一方的な見方や記事の書き方で、気苦労をさせられる身にもなってほしいなー。

新聞記事から目をそらし、バスの来るのを待つ理江だった。

義父の死から一週間後の事だった。書留郵便が理江にきていた。

理江は仕事が休みの日の土曜日にそれを受け取りに行った。

手紙は義母からだった。

開いてみると、義父は生前、拓也と理江に財産を分けてやるように文章を残していたようだ。

そして、可能なら拓也達を義父達の家に迎えたいとの希望があった事も記されていた。

そして拓也には３０００万円の教育費用を与えるようにとの具体的な提示もあった。

理江と政夫の将来を最後まで心配する内容もあった。

その数日後、義母は理江のアパートを尋ねて来た。

義母は無表情だった。

「あの女はフィリピンに帰ってしまった。病気が重くなってきて、一人で歩くのも大変なようでね、子もそうなるやろう、と言ってたわ、もしかしたら、政夫も…、分からんけど…。」義母はボソッと、つぶやくようにいった。理江は静かにその言葉を聞いた。「こんなことになるなんて、まったく……。」義母はハンカチを目に押し当てて泣いた。

理江は何かを話さなければと思うが、言葉が浮かばなかった。

政夫の顔が浮かんでは消えた。

もしかしたら、政夫もエイズで死ぬかもしれない、そんな事になったら、本当にどうしたらいいのか、理江にも何の答えも持ち合わせていなかった。

拓也の教育費は後日とどけると言い残して義母は帰っていった。

理江にとっては、考えてもみない金額であった。義父は拓也の顔を見たかったに違いない、と今更ながらに後悔するのだった。葬式の時も、理江と拓也の姿を望んでいた事が義母の言葉の端々に聞かれた。苦しんでいたのは、理江たち母子だけでなく、政夫たち親子も同じだったようだ。政夫はフィリピンに帰った母子の仕送りのために給料のほとんどを費やしている様子で、義母には一銭も渡していないと言っていた。「バカな子を持ってしまいまして、一生子の面倒みて終わりましたわ、これからどうなりますか、私より先に死んでくれたらいいんですけどね…。」義母がそう言った言葉と淋しそうな姿が理江の脳裏に焼き付いていた。理江は政夫の家で生活するなど考えてもみなかった。ただ３００万は拓也の学費と、はっきりとした目的のあるお金として受け取った。

それは、貧しい生活費の中から、生み出さなくてもよい金額として、理江には大変ありがたい事だった。

「拓也、勉強だけは気を抜くなよ、それしか我家で生きていく方法がないからな。」理江は拓也に改めて念を押した。

そうだ、今やれる事を精一杯やらなければ、明日はない。自分に言い聞かせる言葉の一つだった。

テレビでは「厚生省がまとめた人口動態統計の年間推計によると、98年に生まれた赤ちゃんは１２６万６０００人で２年ぶりに前年を上回る見込みとなりました。

しかし、第二次ベビーブーム世代が結婚、出産の適齢期に差し掛かっている中、基本的に少子化傾向は依然として続くでしょう。

死亡数は1万９０００人増えて、93万２０００人と過去最高で、死因別では、癌が連続トップ、胃癌は減ってきていますが反対に肺癌の増加が気になります…。」

誰も聞く者がいない部屋でその声は単に音として流れている。

会話のない家には大切な存在でもあった。

第7章　顧客ニーズの保険商品

拓也が小学校6年になった時、理江は職場主任になっていた。

ファイナンシャル・プランナー資格も取得し、何人かの部下を持つ営業中間管理職である。

自分の家計を維持する事は当然の事、部下の全員は女性で、生活がかかっている人ばかりだ。

生命保険会社の給料体系は非常に複雑であるが、能率給が3万円くらいから資格給、保険手当等が加算されていくシステムをとっている所がほとんどである。

資格給は1年間の成績によって、一定のランク付けをされ、次の1年間のみ保証される給料である。

保全手当てとは、入院手続きを行うとか、解約、減額、集金、その他で、現在加入していただいている顧客に対するケアをいうが、交通費560円の所に返信用封筒の切手代その他電話代を使ったとしても、それは営業社員の財布から支出しなければならず、一回の保全手数料は40円とか120円などの名目給のみだ。一番下のランクで働く人の場合、一生懸命、1ヶ月働いて得る10万～12万円の給料から、毎日の出費を差し引くと、7万～8万円になってしまう時もある。

そこで能率給が入るか入らないかで、決定的に違ってくるのだが、これも現在95％以上の保険加入率を誇る日本の保険外務員にとっては至難の技だ。

定期保険金１０００万円で保険料が７０００円とすると、お客の保険料支払方法、あるいは加入年齢によって、社員に支払われる手数料が少しずつ違ってくる。２４５０円だったり、おそらく、きちんと計算をしないだろう、と思われる程区分が分かれている。

しかし、それは、一回で終了したり10回に分割されて支給されたりする。一度契約した人物が2年間継続して保険料を支払わないで解約になると、営業社員はペナルティーを取られる。

一つは積み立て営業成績の数字が減る事、二つは契約件数が減る事、それは給料が減額される事につながる。

大口の契約が解約された事で、給料がマイナスになる人も出るのだ。

一生懸命働いて、自腹を切って働いても、手にする給料が5～6万円だったら、空恐ろしい。

この数字には、もっと裏がある。なぜかと言うと、一ヶ月の営業ノルマは確実にあり、それに未達、いや契約件数0になると、自分や家族を保険に加入させ、自分の給料から保険料を差し引くようにしている外務員がほとんどだから、その差し引き0になったり、あるいは不足が生じて貯金を取り崩したり、サラ金から借用する人もいる「自爆」と呼んで、自分が保険料を負担している外務員はほとんどだ。

安い給料から、さらに会社に毟り取られていく。各目の営業努力が不足なのか、会社自体に能力がないのか、毎月、毎月悲喜劇が展開され、契約低迷で落ち込む収入におびえている。理江の顧客は地味な人が多かった。

それは大型契約には結びつかない。

生活に密着した保障額のみの契約ばかりだ。

給料に大きく反映する事はない。

危険な事はやらない。無理はしない。

一度契約をしてくれた客は、解約せず、長く付き合ってくれる事を基本に据えている。

部下に対しても、個々人の個性に合った営業スタイルは指導できなくても、営業社員としての基本と、最低限守らなければならないきまり、自分達のおかれている立場で、収入アップにつながるスケジュールの立て方等、詳しく、しかもシンプルに組み立てる事が大切だ。

見込み客があれば、どんなに遠くても、夜でも夜中でも本来なら休日である土曜日、日曜日でも出向く、自分達の時間給が３００円でも、不満を言っている精神的余裕はない。

契約が成立しての時給だ。

理江はどんな条件に対しても積極的に前向きに取り組んだ。

周囲の外務員がほとんど女性である事は彼女を勇気付けた。

1回で不可能であった事も、2回、3回と繰り返す事で確実に答えを出す事が出来た。

その体験は、少しくらいの困難は問題ではない。

「出来るまでやる」の覚悟が理江のなかに生まれていた。

それほど、彼女はたくましく成長していた。

ファイナンシャル・アドバイザーになるには、銀行業務検定試験がある。

日本版ビックバンが２００３年からさまざまな改革を推し進めている。

ファイナンシャル・アドバイザーの活躍する基盤は１４００兆円以上もの個人金融資産の運用やサービスの提供、国内金融市場の活発で自由な市場作りである。

銀行、保険、証券、信託、その他業務を超えて組織の強化、提携、海外資本との強化策が次々と打ち出されていく。

国内金融機関は内外から激しい攻勢に合い食うか食われるかの戦場である。

個人債務コンサルタントとしての質と、そこに所属する企業の財務内容がよくなければ、投資家個人は興味を示さない。

投資家個人も自己責任原則が徹底されるので、コンサルタントの質がよくなければ、資産運用面、あるいは管理面で、大損をする事が目に見えている。

又、金融機関にとっても、質の良い顧客をラップしなければ、生き延びる事は出来ない。

理江たちの職場でも、職員の質を向上させるための研修は熱心に行われていた。

ファイナンシャル・プランナー資格取得は必修課程でもある。

金融制度や、金融商品の種類と金利、金融類似商品、株式投資、債券投資、資金運用、その運用面のプラン、資金調達と、その方法、相続関連法規、遺言の方法、所得税、贈与税、それらの課税関係、不動産の評価、課税関係と有効活用等多分野への問題解決が、スムーズに行われるよう、頭を鍛えなければならない。

一般的に言われる、主婦の片手間保険外務員では、とても乗り切れるような内容ではない。外貨貯金の実質利回りを計算し、顧客の希望に応える、とか、株式や債券の利回りを計算し、どの商品を購入すべきかを目に見える形で表現する。

納得がいくまで、とことん顧客と話し合う事で、顧客の判断を仰ぐ。最後に結論を出すのは顧客の気持ちだ。

資金運用プランは提示できても、結論を出すのは顧客なのだ。

その判断を下すまでの課程を整理してあげるのはファイナンシャル・プランナーの仕事になる。

不動産をたくさん所有する顧客に対する資産運用も多岐にわたっている。

土地の有効活用方法と、一言で言う事は難しい。

自ら土地の活用事業を行う自己建設方式、土地信託方式、等価交換方式、事業受託方式など、さまざまなノウハウを利用し、リスクを小さく、メリットを大きく有効活用する事業展開にしなければならない。

理江たちの能力に更に他の専門家の知識を必要とする。

税理士や公認会計士の力も必要になる。

土地の評価、不動産にかかる税金関係も、適用条件に合致すれば、所得税などの優遇等や、節税効果を最大に生かす売却、交換、贈与、寄付、その外に個人か、法人か等で非課税枠は大きく違ってくる。

土地を宝にするか、荒れ地にするかで資産価値は雲泥の差となる。

そういう資産家の相続上、必要な金額をはじき出して、保険の種類、金額を設定する能力がなければ、保険のプロでも、ファイナンシャル・プランナーでもなんでもない、ただの保険屋になってしまう。

勉強はやっても、やっても、ここで終わりと言うことはない。

又、これに付いていけなければ、仕事上の成果も期待できない。それほど、厳しい職業だ。

サラリーマンの場合でも、現在の収入が増加し続ける場合のみを期待する、年功序列型賃金は考えられなくなってきた。

大企業とて、銀行の統廃合、証券会社等が消えてなくなる時代だ。

単純な形式で、将来の必要賃金をプランニングする事が出来なくなりつつある。

サラリーマンの生活設計のポイント、公的資金、個人年金、企業年金を上手に生かしながら生命保険や、損害保険を加味し、リスクをカバーする知恵が必要だ。

住宅資金、結婚、教育資金等の効果的な畜財法それらの賃金調達方法と節税効果ローンの取り入れかた等、ライフステージと賃金計画は早いうちに立てる必要があるだろう。

個別に保険を考えるのではなく、貯蓄と、リスクマネジメント、資金運用方法、ポートフォリオの考え方や運用プランの作成は、生活の中に位置付ける重要な項目と考える。保険のプロとして、理江たちの役割は大きい。

長期ライフプランナーとして、顧客に信頼される事が大切だ。

特に保険金を受け取る時、それは生前の満期保険金であるなら、節税対応の知識をフルに生かさなければならない。

又、多く出くわす死亡保険金受け取りの場合、全資産で見る相続税評価とは別に、生命保険に認められている相続人一人当たりの非課税枠の活用、死亡退職金枠の活用、供養者の扱い方、22歳未満の子供の非課税枠等、具体的に数字で即応していく知識は当然必要である。

この特権を生かして、生命保険をかける事を奨められるプロがファイナンシャル・プランナーと言えるだろう。

保険外務員を見分ける事は大切だ。

外務員の収入を多くするための保険額設計や、保険の種類だったりしかねない部分も多く見受けられるからだ。

ノルマで働く外交員も大変だが、本来の目的は顧客のニーズである。

この部分をきちんとつかんで、プランニングする外務員を選択する事は顧客の責任でもあるだろう。金融商品の種類は多い。金融類似商品も含めると、とても素人がマスターし、的確に対応していけるような代物ではない。資産運用を検討する上では金利、利回りの意味や種類を理解し、貯蓄動向や、金融情勢、金利の動向を的確に予測する能力を持ち、金融商品の金利の形成を上手に生かし商品に表示される予想配当率や予定配当率、予想分配率を組み合わせ、リスクを最小限に、そして高い収益を目指す選択をし続ける事が出来るかどうかが重要だからだ。

資産を増やすのは難しい。

反対になくすのはいとも簡単だ。

資産家を丸裸にする事に何の疑問も感じない人もいる、そして、そうなった時、他人を怨んでも遅いのだ。

第8章　保険金詐欺、不正契約

理江は、淡々とした生活の中で、確実に営業能力を培っていった。

理江は、自分の顧客の相談もさる事ながら、5人の部下の私生活の問題にも首を入れなければ成らない状況に合った。

山崎富子という36歳の女性は、酒乱の夫から暴力を振るわれ、小学生の子供2人と4人で、暗い生活を送っている。

そういう生活の中で営業生活をしても、良い営業成績に結びつかない。良い成果が出ないと、生活そのものが、脅かされ、不安定になる。そこで勉強し、知識を高めようと力んでも何の成果もない。まず、営業社員である前に、生き方、家族生活の充実が、柱としてしっかり地に足が着いていなければだめだ。

山崎を観ると、何時も暗い。理江は個別に話し合う時間を持った。

山崎は理江と向き合うと、立て板に水のごとく話し始めた。

「…夫から得るものは何もないの、でも夫の両親からもらった家に住んでるから家賃だけはタダ、夫は遊んで歩くだけで、給料一銭も入れないし、子供のことも何もかまってくれない、学校になんか行った事もないくせに、偉そうに勉強しろよ、なんていうもんだから、子供もそっぽ向いている。夫婦関係なんてもう何年もないしね…。」

理江は政夫との行動とダブらせて考えていた。

「男は勝手よ、外面だけ良くて、会社ではそれなりに受けが良いのよ、それが良くて職場結婚しちゃったんだけど、結婚してみて初めて分かる事って、いっぱいあるじゃない、まさか、外面野郎なんて分からなかったわよ。踏んだり蹴ったりね、私も大学まで出してもらって実家に泣き付く事も出来ないしね、実家では夫もそれなりに評価されてるし、そのイメージを壊すのも、まぁ、いっか、と思って見栄張ってきたんだけど…。もう離婚しかないかなーと思ってる。そうなると、保険屋じゃ不安定だから、何か仕事を見つけなくちゃ、と思って仕事探しを始めたのよ…。主任にいえる事じゃないけど、ここの給料じゃ、生活は無理だしね。契約が取れないと家にいても、会社が休みでも、不安で不安で仕方がないのよ、子供にもカリカリ当たり散らすしね、良い事、何もない、この仕事から早く足を洗わないと……。」山崎はすべてを言い終えると、すっきりしたようだ。

理江も何度かそういう修羅場をくぐりぬけた。

その度に、拓也を思い、九州の母を思い出し、歯を食いしばって今までやってきた。

目の前に、何年か前の自分がいるようだ。

理江は山崎の心が透けて見えるようだった。

不安定な収入、確実に出ていく生活費、子供の成長に応じて生じるトラブル、親としての関わり等々…。山崎自身の心の安定を支えるものが何もない状況の中で、理江がその糸口をどうほぐせばいいのか「解答」は何一つない。ただ、自分を頼ってくれたという大きな自信と、自分もその問題を解いてきたという、同類の土俵に立っている事に間違いはなかった。

理江は山崎の収入アップを図る事に重点を置く提案をした。

山崎の不安はがんじがらめになって出口が見えない所にある。

だが、自分で生活できるという自信を得られれば、保険外務員は立ち直れる、という強い信念のようなものを理江は体得しつつあった。

山崎は大学で「親鸞」を卒業論文に選んだという事もあり「明日ありと思ふ心のあだ桜夜半に嵐の吹かぬものかは」などの歌を瞬間的に折り込める知的な部分の多い、魅力的な女性でもある。

理江の10年前と同じ年齢である事も、何かの共通点を感じる相手であった。

「山崎さん、月どのくらいの生活費が必要なの。」理江は、率直に質問した。

「電気、ガス、水道、電話で３万円は必要、食費はどんなに切りつめても親子３人

３万５０００円は必要、子供の教育費、２人で給食費もあわせて１万５０００円、それに服は、すぐ小さくなるから、それなりに追加しないと…。うーん４、５０００円くらいかな、まあ、毎月じゃないけど、靴だなんだとね。それから塾なんだけど、周りが皆行っているから、時間的にも問題あるし、大人の目が光っていた方がいいと思って、二人とも行かせてるの、親が子供にしてあげられる事は教育くらいしかないしね、それが２人で４万円、安い所に行かせているんだけど…。」理江は山崎の給料が手取りで、12万円から13万円である事を知っている。

それに車での営業、又、保険外務員の場合、昔からの悪いしきたりで、サービス品を会社のネーム入りで購入し、それを客に配る事が当たり前のように行われている。

そのサービス品代や、外で、客や、同僚と昼食や、コーヒーを飲む費用も月に２、３万円は持ち出しになる。

どう考えても、山本の家計は火の車であると思った。「保険外務員は子供の学校とかがあると、時間を気にしないでいけるし、その分、土曜日、日曜日でカバーできるから、子供に負担をかけない、と思って選んだ仕事だったの、でも、こんなにきつい仕事だなんて思わなかった。収入も、周りの人を見てると、私と変わらないほど、皆低いしね、８年やっている工藤さんなんかも10万ちょっとといっていた。御主人がいて、初めて安心してやれる仕事ね、これは私の選択ミスだったわね、本当に…。」山崎はつらそうに言った。

理江は山崎の言う事は現実そのものだと思った。

多くの社員は夢を持って入社してくる。しかし、現実の大変さに早々に退職するか、安い賃金に甘んじる体質を内に秘め、細く長く勤めようとするか、そのどちらかを選択するのだ。

テスト、テストでレベルアップを図る事には一生懸命になる会社も、一定の成果を上げられない社員を抱えておく事は一切しない。

利益追求社会である事を大人は理解していても、納得がいかない。

これが現実なのだ。学校教育で、優等生タイプだった人間ほど、営業には向いていないな、理江は何人もの部下を見てきて、そう考えるようになっていた。頭で考えることと、現実の落差が大きすぎるからなのだろう。

理江は山崎と真剣に向かい合わなければならないと考えた。

「生活費は現在の収入では毎月赤字よね、それはなんでカバーしてるの。」と静かに尋ねた。

「結構言いづらいんだけど、結婚した時買ってもらった物でリサイクルに回せるようなものを出してる、安いんだけど、不要なものも多いしね、結婚指輪なんか一番始めに出しちゃった、７０００円だった。そんなもんよ。」山崎は両手を理江の前に突き出した。その手に指輪はなかった。しかし、その手は真白でしなやかだった。理江は美しいと思った。細い指、透明なマニュキャア、苦労など微塵も感じられない美しさがそこに漂っている。

「若いんだから、何でも出来るわよ。」理江は力を込めていった。

理江は現在年収１０００万円以上の収入を得ていた。そうなるために努力した事は口に出していえるような物ではない。

悔しさと失敗、努力と、継続がもたらした成果だと理江は思っている。

そして、それはどんな人にも「出来る」という希望を与えられる平凡な図式でもあった。人見知りの激しい理江が営業の世界で飯を食う事自体、身近な人は驚きの目で見張った。

しかし、人間は変わる事が出来るし、変わる事に喜びを感じる事だろう。

エステテックに行く変身願望、ダイエット、整形、服をとっかえ、ひっかえ着替える事も、変身への願望なら、もてる潜在能力を出しきるのは、最も確かな変身になるはずだ。

山崎の美しさなら成功する、理江は確信に満ちた何かをその手に感じていた。

理江は山崎の所得倍増計画を立てる事に自信を持った。

「減業ではなく営業よ。」所得倍増計画など、一言では解決する事ではない。しかし自らの苦しい体験、危機感を提供したら、家賃の要らない分、理江の生活より楽に回復に向かうだろう。

営業におわれて働くのではなく、生活のリズムの中に仕事という営業を取り入れていく意識改革が、まず第一だと理江は思った。

そして、家計、そう、財政を立て直すには、数字に強くならなければならない事を前面に打ち出す必要があった。

「収入を2倍にするために、保険外務員俸給表で計算すると、どうなるか、一覧表を作ってみると、面白いわよ、保険金1０００万円の保険料は年齢によっても、期間によっても、男女の差によってもちがうわ、ただ、既算として保険金の10分の1で、その7割掛けとして計算する。

それが基本給にプラスしていく金額としてやっていくと、最低の数字が見えてくる。

入社して1年しか経っていないから、加算等は無理としても、どれぐらいの契約高であれば、収入はどれくらいになるかの目安はしっかり持たなきゃだめだ。」理江は経験に裏打ちされた数値を次々と山崎に向けていった。

山崎はその話しに目を丸くして聞き入った。

「営業は面白い仕事よ、明日がないと思えば、２倍も、３倍も工夫と努力をするはずよ、そうすると馬鹿げた契約だって取れる事もあるわね、良い事ばかりじゃないけど、わかりにくい世界だからこそ、大学卒のあなたのような人が社会に根付いてほしいのよ。」理江は真剣だった。

単に退職させるもよし、自分史を振り返りながら、山崎を自分のジュニアとして育てるのもよし、期限を設置し、その間にどれくらいの成果を得られるかで判断するもよし、あくまで決断は山崎本人が下す事になるのだ、その時、コツ、コツとドアをノックする音がした。

５時間もの時間が流れている事など、二人は知らず話し合っていたらしい、夜の９時を回ろうとしていた。

職場は空っぽで、ビルの管理会社で働いている男性が巡回している、定期時見回りの挨拶の時間だった。

二人は驚き慌てて、そして顔を合わせてニコッと笑った。

理江は山崎のやる気に、何としてでも成果の見返りを付けたいと思った。

拓也に負わせた傷も、自分が仕事を通して学んできた金融市場で生きる事の大変さも、一通りは山崎も経験しなければならない事を思うと、その責任の重さは更に大だ。

山崎が同じ職場で仕事をするようになるのか、引くのかそれは限定された時間の中で決定される。

理江の能力も、そこで試されるといっても過言ではない。

人間が持った危機感は、やむにやまれない物があって初めて認められ、それを克服してこそ「さすが」の評価が下る。

「危機はチャンス」なのだ。

山崎と理江の戦いは営業エリアの見直しからスタートし、顧客の量、質の見直し、紹介の取り付け、手紙や電話作戦、相手企業の望む「幸せさがし」、等頭と心、そして足でくまなくつぶして行った。

相続問題に手をつけていない人には保険で保障を確認しておく事で、どれくらい節税効果を生むか、法定金額かける相続人数までは非課税である事を知らない人にとっても、大変喜んでいただけた、又、毎年110万円までは贈与税がかからない事も、意外と知らないし利用されてもいない。

基礎空除額の５０００万円＋１０００万円×相続人数は知っていても、何でそれに対応するか、さえ考えない。

ファイナンシャル・アドバイザーの役割は小さい事から、大きい事までとにかく種類が多い。

日常的に役立つ知識でも、知らないと役に立たない。

それに気付く事もなく終了してしまう。

何にでも言える事かもしれないが、金融関係でも汗水たらして得るお金の価値と、知恵を生かして得られるお金の価値が同額なら、一度は振り向いてもいいものばかりだ。

お客様に「ありがとう」そう言っていただく事で努力が報われる。

更にそれにヒットした保険や年金を契約してくださる事なら二重の喜びである。

山崎は頭の回転が速い。ジャズダンスが趣味というほど、身のこなしがすばやく、そして美しい。

仕事をする上で、理江にとっては相手に不足はない。

一日一日が勝負であり、成果への道である。山崎は30代という若さもあり、何事に対しても前向きに行動する、それはたとえ失敗に終わっても二人には前身の一歩にする助走くらいの苦労だった。

結果を出すまでが、仕事であり、前進あるのみだ。客のなかには、保険外務員をからかう目的に利用したり、自分が扱う商品を購入させる目的で契約し、一度の保険料を支払うだけで止めてしまう人もいる。

そういう人物は何度か、だまされて初めてどういう相手は人を騙す人物になりうるか、いや、そういう人物なのか、また、そういう人物に近づかない工夫等も考える事が出来る。相手に騙されてみる、というのも一つの勉強だ、もちろん大きくではなく、最小限の事で勝負すべきではあるが…。

山崎は確実に成果を出して行った。そして、今、100人くらいの会社の役員保険のプランを立案中だった。5人いる取締役の保障と退職金準備を兼ねている重要なプランだ。役員一人一人の年齢も、入社歴も異なる、何年後に退職する時、どれくらいの金額が手元に受け取れるのか、それは単に家族の問題でもなければ、会社の問題でもない。役員の価値と、節税効果の役割を知った上で、会社にとってのメリットを考え、個人が判断しなければならない。理江はこれからの保険外務員は税理士でもない不動産取り扱い人でもない、銀行員や証券会社でもない、トータル・ファイナンシャル・プランナーでなければ生き延びる事が出来ないだろうと考えている。

だから、部下に対しても、自分の利益の為ではなく、顧客のニーズをしっかり把握し、その中で、最大のメリットを集めあわせた商品選択をしなければならないと伝えている。

そうなる為には知識を持ち、顧客の要望に答えられるファイナンシャル・アドバイザーにならなければ、信用が下がる。

信頼と、期待が持てない人に顧客は要件を依頼しない。

理江は行動しながらも、、頭で考えて、的確に判断する能力を育てる事が最も大切な課題だと常々思っている。

それだけに、自分が得意な分野を一つ、必ず見つける事、その一つは誰にも負けないほど、詳しくきちんと頭に整理するようにと指導した。

相続に詳しくあの人に依頼すると、その分野の事は分からない事は何もない、と信頼を得られる、その宝物を得る努力は終始怠らない事だ。

義理、人情、プレゼントの三つで販売した保険外務員の時代は遺跡と化している。

知恵でしか売れない商品なのだ。形の無い物を売る。それは買う方にとっても一種のかけだ。

しかし、保険は一回こっきりで買う商品とは違う。5年、10年、20年、いや、終身にわたって付き合う事になる貴重な財産である。

外務員の利益にわたって不利と思われるものを顧客に勧める人間にだけはしたくない。

理江は、自分も含め自分が教育して一人前に育って行く社員には、日々行動の中でしっかりと身に付けてほしいと願っている。

女性社員の抱える問題は女性自身が賢い選択をしなかった事によってもたらされる事が多いように思う。

男性の言い分、身勝手ばかりを責めても何にもならない。

現状をどう解決して行ったらいいかその解決に向かって、自分は何が出来るか、出来ない事は、誰にどのように依頼する事で済む問題なのかを、感情を抜きにして判断していかなければならい。

夫を頼らずに子供を育てて行く為の周囲との関わりや、自分自身の心と体の安定を保つ為の工夫、向上し続ける為に、何を生かし、何を犠牲にしなければならないか等、一枚の紙に記すると、いかにも簡単な事ばかりだ。

だが、それを自分の体で実行するとなると、一つ一つが皆、大変なのだ。

その一つ一つを、放棄することなく続けるか、続けないかで物事の回答は出る。どこかで無理をすると頭が痛む。体を使いすぎると動かなくなる。我慢には必ず切れる時がある。理江は口癖のように部下に言った。

「ローンに手を出す前に、私に口を開いて。」「ローンに手を出す前に、私に足を向けて。」理江は自分で解決できる事に限界がある事を知っている。

だからサラ金等に手を出す前に、そのお金が本当に必要かどうかを複数の目で確かめる事が大切だと思っている。

借りた50万円は、いとも簡単に消えていく、しかし、複利で増えていく利息と元本返済がどんなに大変な事なのか、図や表にでもしてみると分かりやすい。

「駄目だ、返済できない。」と目で確かめられたら、それを使わないで我慢したり、他の手段を考えるだろう。10万円を30日借りると、1月で1４００円以上の利息がかかり、次の月には、元金と利息が複利で利息の対象になる。

利息が利息を生む事など知らないで利用する人も多いだろう。

無人契約機に利息張り紙をしてあげる親切さはどのサラ金会社にもない。

延滞したら、どうなる、早期に支払ったらどうなるといった理解しやすい出し入れ機の

「しおり」を無人契約機に求めたい。

そんな願いを込めて「ローンに手を出す前に、相談する人を思い浮かべてください。」と理江は思っている。

苦しい時一人で乗り切った自分の体験が、何も言わない「シングルマザー」の心に少しでも光を与えたい。

苦労を共に味わっていく人が身近にいるんだよ、と伝えたかった。

そんな中で、部下の不正契約が発覚した。

それは、保険の月と呼ばれて、ボーナスが受けられる6月、7月の時期に毎年行われるビッグイベントだ。

社員の契約高が、平常月より2倍目標の数字が割り当てられる。

そして、目標が達成されると大きなイベントに招待される。

保険外務員は、毎年2回あるボーナス時期は、俄然張り切らなければならない状況に追いやられる。

社内には、満員御礼の旗や、目標必達、ハワイ旅行が待っている、等の文字がケバケバしく張り巡らされる。

お祭りの中で、営業社員が踊らされる。

踊る阿呆に、見る阿呆、同じアホなら踊らな損損……。

踊りが好き、嫌い等言ってる暇はない。

数字との格闘は、否が応にも従うしかないのだ。

しかし、不思議なことにそういう時期は、確実に数字が伸びていく。

夜も昼も、数字、数字と頭から数字が離れない。

上も、下も、数字の虜になる。

そして、確実に、数字合わせが出来ていく。

最後は、目標達成者がイベントの女王になる。どこから数字を持ってきたか、などは問題ではない。数字が、合いさえすればいいのだ。

そんな時、事件は発生した。

理江の部下の一人、斎藤智子が、現在契約のある大口法人の保険契約を解約させて、その契約より、更に大口の契約を結んだことが判明したのだった。

お祭り二月後、ハワイ旅行もすでに終わっていた。理江は、斎藤をよんだ。

『川崎インテリアの、契約は、会社のどなたとお話したの』と、理江が問うと、『経理の山崎さん』と、斎藤は悪気もなく答えた。

『この保険は、今解約すると、損だということはキチンと伝えたの』と、理江が言うと、
斎藤は、『経理の方が良いというんですから、別にいいんじゃないですか』と、答えた。

『契約書は、社長がサインしたの』と、理江が尋ねると、『経理が、あとでまとめておくから、といわれて、後日取りに行きました。』と、斎藤は答えた。

何億という契約の保険は、上司が必ず同行して契約をしなければならないことになっていた。しかし、お祭りのときは、とにかく忙しすぎた。

『この契約を結ぶ時、どなたかと相談したの』理江は、静かに斎藤に尋ねた。

『矢部課長です。』と、斎藤は答えた。

『矢部課長』というなり、理江は言葉を失った。

理江の上司だった。

斎藤は、イベント上位で、表彰され、笑顔で、ハワイ旅行に出かけた一人だった。

理江は、斎藤と話を続ける気を失った。

しばらく、２人は黙ったままだった。

『お客様との約束がありますので』と、斎藤は立ち上がった。

理江は、黙ったまま頭をコクンと下げた。

理江は、一人孤独だった。

夕方、会社を早々に退社した理江は、長くなった髪をカットしようと、美容院に入った。

夕方でもあり、客は2人程待てばいいくらいの良いタイミングだった。

理江は、黒いシートの椅子に、ドシッと身を投げ出した。

斎藤の顔が理江の前にちらつく。しかし、理江の手からは、完全に離れていた。もう理江の出番はない。そして、何事もなかったように、時が流れるだけだ。

理江は、そばにある週刊誌に目をやった。

タイトルは、保険金殺人事件の大見出しだった。

理江は、おもむろに、その女性週刊誌のページをめくった。

『……保険外務員が、保険金目的の為、偽契約をし、被保険者を殺害し、保険金1億円を騙し取った。この保険外務員は、他にも殺人に荷担している模様で、警察で取り調べ中……。』理江が週刊誌を読んでいると、そばから声がした。『保険屋さんは、しょっちゅう詐欺紛いのことばかりしているよね。』と、隣に座っている女性が週刊誌を覗き込みながら言った。

理江は返す言葉がなかった。

『昔から、女を売って契約を取るのが常識とか言われているってんじゃない』40歳代の女性は、再び理江に言葉をかけてきた。

しかし、理江は週刊誌から目を離さなかった。

『保険金て額が大きいじゃない、ぼろもうけするには、いいのよね、私も、やってみようかしら……』理江の反応など、まったく無視するように、女性は話し続けている。

『お客様どうぞ』美容師の声が、理江の前で聞こえた。

理江は救われた、と思った。

理江は、週刊誌をマガジンラックに戻し、静かに立ち上がった。

保険外務員は、何十万人もいる。その中には、悪の道にそれる人もいるだろう。だが、ほとんどの保険外務員は、汗水たらしながら、安い歩合賃金の中で、もがき、苦しんでいる善人ばかりだ。

理江は、シャンプー台の上で、声にならない声を張り上げていた。

『保険外務員よ、仕事に自信をもとうよ。入社したら勉強しなくてもいいサラリーマンより、はるかに勉強しなければならない。私たちの中身をもっと知ってよ。』……。ただ、誰もその声を耳にする人はいない。

『お客さん、髪痛んでますよ、髪も紫外線には気を付けたほうがいいですね、案外しらないんですよね。』と、理江に声をかけた。

『そうなんですか。』理江は静かに答えた。理江は顔が火照るのを感じた。

理江が10年で育んできた知識は膨大な物になる。苦労しているシングルマザーの保険外務員に声なきエールをおくっていた。

問題解決のノウハウは相手に引き継いでこそ宝となる。

理江の心に収まっているだけならただの不要物でしかない。

理江は保険外務員として働くシングルマザーに、いや、他の職業を持つシングルマザーであってもいい、そういう女性と共感を持てる機会を多く持ちたいと何時も思っていた。

「日本版ビックバン」のタイトルは、マスコミで一日に何度となく見聞する。理江が働くダイヤモンド生命保険会社でも、従来の販売方法、販売商品では、企業が生き延びる事が、大変になってきている現実が読み取れる。

とにかく、保険が絶対的に売れなくなってきているのだ。

外資系は伸びているとはいえ、絶対数から言うと、まだまだ小さい。

ソルベンシーマージン比率も、新しい会社ほど、リスクが少ないので高く見えるが、年を経て行くと、死亡率、事業費率、利益率等が平均化していくだろう、責任準備資金の積み立ても、契約者全体の共同準備財産として、配当準備金や価格変動準備金、その他、支払いの項目で、積み立てられ、出番を待っている。

そこで働く社員の意志は常に変化する世の中と人々の生活に根ざしている事ばかりだ。

第9章　夫の死

それは、理江たちの夏休みで朝早く海に行く準備中だった。けたたましく電話のベルがなった。

理江は、チラッと時計に目をやると、朝6時前だった。急いで受話器を持つと、義母の悲しげな一言だった。

「政夫が死んだわ……。」

理江は、「エー」と大声をだした。

「政夫が死んだの」義母は再び力なく呟いた。

「そー」理江は、そういうのがやっとだった。

電話は、プツンと切れた。

理江は、受話器を持ったまま身動きが出来なかった。

理江の目の前で、政夫が笑った。

初めて会った頃の、はにかみ屋の政夫がそこにいた。

様々な思い出が次々に浮かんでは、消える。

長い長い戦いだった。

政夫と出会った事で様々な事に出会い、学び、喜び、悲しみ、そして苦しんだ。

拓也が生まれ、初めて親となった経験は、言うまでもない。

義母は、どんな気持ちで理江に電話をしてきたのだろう。

何時死んだのか、理江には、わからないことばかりだった。だが、電話をかけようとは思わなかった。

拓也は、高校2年生になっていた。

理江は、拓也と義母の家に向かった。

義母の家に向かうときは、いつも重苦しい気持ちを抑えながら歩いた理江だった。

その日もまた、道端に、夾竹桃が咲き乱れ、カンカン照りの日ながら、二人は何も話さず黙々と歩いていた。

義母の家に着くと、開け放された家の窓から、中の様子が読み取れた。人の気配はない。

理江は感じた。『葬儀は終わったかもしれない……。』

中に入ると、義母が驚いた様子で近づいてきた。

理江は、深々と頭を下げた。

義母は何も言わずハンカチーフを顔にあてた。

三人は、しばらく黙ったままだった。

政夫は、亡くなってから既に2週間が過ぎていた。

フィリピンに帰ったキャサリンも、1年前に亡くなり、政夫との間に生まれた子供も、亡くなっていた。

政夫も、やはりエイズだった。

義母の話は、止め処もなく続く。

理江はやりどころがなかった。

広い義母の家には、大きな仏壇が我が物顔で鎮座している。

義母の体が一段と小さく見えた。

『拓ちゃん、おばあちゃんの家にこないか』、義母は突然拓也に尋ねた。

『お母さんがいいならいいよ。』拓也は、即座に答えた。

理江は、黙ったままだった。

義母は、それ以上その話をする事はなかった。

理江もまた、同じだった。

第10章　新保険誕生

何事もなかったかのように月日は流れた。

理江は、順調な職場生活を送っていた。

そんなある日、理江は、企画部長から声をかけられた。

そこは営業社員が出入りする場所ではない。

理江は何事がおきたのかと胸騒ぎした。

「やあ、頑張っているようだね。」企画課長の神田は、端整な顔立ちに笑みを浮かべて理江を迎えた。

「なかなか大変ですわ、世の中こうドラスチックに変わるんですもの、私達は、なかなか追いついて行くのが難しくて…。」と理江は控えめに言った。

「あんたがそういう事を言ってたら大変だよ、これからもっと大変だよ、これからもっともっと大変になる、何十社もある生保で生き延びる企業になるのか、なくなってしまうのか、どちらかを急いで選択しなくちゃならない時がすぐ来るよ、その時、選ばれる企業になっている事が大事だな、まあ、そのためにもあんたを呼んだという事でもあるかな、我社は残るよ、絶対、絶対に残すんだよ、そのためにもやらなくちゃならない事が沢山あるんだ、その一端を、あんたにも背負ってもらいたいのさ、実はだね、あんたも十分ご存知のように、どの企業も似たり寄ったりの商品を販売しているだろう。95%以上もの普及率がある日本じゃ、これ以上どこに売るか、という所まで来ているかもしれない。でも売り続けなくちゃ、お客様に保障している保険金だって目減りせざるを得ないんだ。そこで、何か良い商品開発を手がけないと、伸び悩み解決は無理だろう。今はどの企業も、安く安くといっているが、それで生活している人々の賃金を下げたり等、小細工をしてみた所ですぐ底を突くだろう。企画部では「新商品」の開発を、女性の目で発芽させられないか、と考えているんだ。女性は利益追求だけではない、変化に飛んだ商品が生み出せるような気がしてね。どうだろう、企画書を出してもらえば、それ相応のお金は出せると思う。やってみないか。」神田は身振り、手振りで熱く語り、そして両腕を組んだ。

神田は真剣だった。

理江にも伝わるものは充分あった。

「まあ、今、今、という事ではないけど、プロジェクトを発足させたいんだ、メンバーとしてやってくれるよね。」神田は理江の目をまっすぐに見て念を押した。

「かしこまりました。」理江は深々と頭を下げた。

企画室はエリート中のエリート集団で、大奥的な存在であった。

その課長が頭を下げてお願いするといっている。

理江は悪い気持ちではなかった。

何かで答えてあげたいと思った。

その日の新聞の夕刊には「突然の被害にあった人で、死亡者は、１３５０人、被害者２万８０００人、おおよそ、３万人が、通り魔的トラブルで死傷し、年々増えている…。」という記事が、大見出しで出ていた。

理江はこれを保険の対象にならないだろうか、と考えた。不特定多数の人が突然のトラブルに巻き込まれたら、誰がどんな形で保障し合い生きていったら良いのか、日本の場合、明確なものがない、又、その結果を出す前に、何年もかかって裁判をやるようでは、その間、生き続けられなければならない人間をどう支えていくのか、理江はこの分野も少し気になった。

又、最近、相続争いは中級家庭でも多くなっている。

あるサラリーマン家庭の父親が死亡、母親と、息子一人、娘一人の三人で財産を継がなければならない状況が生じた、遺留分は当然あるが、それは家だったりこれから生活し続けなければならない母親の生活費程度のものしか残っていないとなると分割できない。

そのために、息子から財産を請求された母親が家裁に訴えでて、母親が勝訴した、等という記事をどこかで見たような気もする。

こういう時に将来を見据えた形で分割保険金が出る方法が取れないだろうか、物は分けられなくても、物の価値に対して保険金を設置し、相続問題が発生した時に、分割保険金が支給されるシステムさえあれば「売れないと現金にならない」という苦労は避けられる。

「公正証書遺言」が何万件に及ぶ日本だ、まして、多くの財産を不動産で持つ遺族にとって、財産分与をめぐるトラブルや肉親同士の争いは今も昔も変わらない。

特に権利意識も強くなり遺留分の確保が当然となった今、相続争い封じ保険もあってい い、理江は自分の頭で、考えられる様々な保険の名称を書き出してみた。

しかし、なかなかこれというものが見つからなかった。

プロジェクト会議が開かれる度に、さまざまな人の考えや、具体案を提示されると、それに何らかの必然性を認めながらも、なぜか、不満だった。

新しい保険商品は不特定多数の人が利用できる事。

そして100年たっても、200年たっても生き続ける価値がある事。

総合扶助精神が育まれ、どの人達にも当たり前の事として社会に受け入れられるものでなければならない。

理江は日本人一家庭の貯蓄保険額1300万円の数字に無関係な多くの人にも、両手を挙げてその保険誕生を喜んでもらえるような商品にしたいと日夜考えていた。

保険商品に対する期待は貯蓄機能と保障機能を兼ね備えたものが圧倒的に多い。

自己責任原則で、しかも多くの人々に愛される商品は何だろう。

生活の一コマ、一コマを振り返りながら、企画室の中では熱心な議論が交わされた。

保険商品を一つ誕生させるには、大変なエネルギーが必要だ。

大きい保険、小さい保険、そう、どんな種類の保険でも、分厚い「御契約のしおり」が、お客様に手渡される。

これらを読む人がいるのか、いないのかは分からないが、その保険商品の「脳みそ」がきっちりと詰め込まれている。

保険は金融商品であるから、金融監督庁の許可も当然必要だ。

物として形がない商品だけに、文字で理解できる資料が重要な役割を占める。

営業社員の質が良いか悪いかで良い方向にも悪い方向にも客の視線は変えられるのではなく、必要な時に、必要な人に支払われる保険が必要なのだ。

保険誕生プロジェクトは、7人、何時もケンケンガクガクの話合いが行われた。光の当て方によっては、輝きが異なってくる保険や、時代が変化したら不要になるような物まで、様々な名前が浮かんでは消える。

形のない物体である。

そして、いよいよ最終結果を出さなければならない日を迎えていた。

理江は最終会議に出席する為、準備作業に追われていた。

自分の心に、ずーと暖めてきた宝物、それは保険商品として発売できないだろうか、と考えてきたものがあった。

今まで、何ヵ月もかかって話し合われてきた会議でも理江は一言もそれに触れた事のない商品名だった。

提案するのは今回限りだ。

しかし、と理江は考えた。

企画室のメンバーは理江の生活してきた土俵とはだいぶ異なっている。

そのメンバーが、理江の考えに同意するかどうか、理江は悩んでいた。

それを理解させる為に、理江は図や数字を取りいれた稟議書を作成していた。

自分が創案した保険商品が皆に受け入れられるかどうか、最後のかけでもあった。

その会議は10時ぴったりに神田課長の司会でスタートを切った。

メンバー7人は、今まで討議されてきた保険商品を、細かくチェックするにとどまる意見に終始している。

会議は残す所、15分となった時、理江は静かに右手をあげた。

理江は冷静だった。もう悩んではいなかった。

とにかく自分が最もほしいと思っている保険商品の名前を皆に知ってほしかった。

「ハイ、どうぞ」神田課長は理江に視線を向けて、周囲の雑音を打ち消すような大きい声で言った。

「私は10年以上も前に、この仕事にかかわり、この仕事に出会えて大変うれしく思っております。小さい子供を抱え、家計をまかなうには、大変な時もありました。しかし、努力する人にやさしく、確実に収入が増える給料システム、時間を自分の生活に合わせて調整できる事等、が今までこの仕事を続けてこられた利点です。そして、新しい商品として、本当に欲しいと思っている商品、その名前は「結婚保険」です。10年前、小さい子供を抱えて大変だった時にそういう保険があったらどんなに助かっただろうと回想します。私達働く女性のなかには、今でも収入不安で苦しむ方々が沢山おられると思います。離婚裁判で勝訴しても、相手に支払い能力がなかったら女や、子供は泣き寝入りするだけです。その人達が精神的な苦痛と、経済的な苦労をダブルで背負って生活しているだろうと思うと、心が痛みます。保険会社のチラシ「女性にやさしく、小さい子供がいても働けます」というタイトルに惹かれて、私はダイヤモンド生命に入社させていただきました。そのチラシに間違いはないといいたいのですが、残念ながら、収入の不安定さで苦しみました。月々変化するサラリーを前に、呆然として何も手につかない日もありました。子供と共に、何を食べて1ヶ月生活しようかと思った事もあります。自分の意志や、落ち度がなくても離婚に至る人々は沢山おります、この人々に相互扶助の精神を分け与えられたら、と思い、稟議書を作成してみました。ここに御集まりの皆さんの生活からは不要なものとは存じますが、熟年離婚、その他と、年齢に関係なく離婚数は、増えております。どうでしょうか、私の考えを1枚にまとめてみましたので、皆さんのご意見を聞かせてください。」といって理江は椅子に座った。

「結婚保険」と理江が言った時、ざわめきが生じたが、理江の一言、一言にうなずく顔も合った。

理江はもう、他の人が何を言い出すかなど、頭にはなかった。

「面白い、ナウいジャンこれ」山田という理江たちと同じ営業部から選ばれて出席している50歳代の男性は半分白髪の頭をなでながら理江の作成した文章から目を離さずに声を張り上げた。

「面白いタイトルですね」神田課長も興味を持ってその中に入ってくれた。

「この別れた一方に責任がある時その一方が相手の生活を保証するシステムは良いと思うよ、でも、そういうやつに限って、お金ないんじゃないの。」「そうよ、今の慰謝料と同じよ、いくら裁判で支払えと命令されても、お金なかったら、結局は支払われないままに終わってしまうんじゃないのかなー、よほど、強制力を持った裏付けをしないとねえ。」「いや、提案するのは良いと思いますよ、弱者の泣き寝入りは確実に減るかもしれないよ。」「そうかしら、第三者機関が支払えといっても支払いできない場合、その人が勤務している会社や国が何らかの形で生活保証するとなると、結構うまく行くんじゃないの。」

等々の沢山の声が理江の案に同意するかのように飛びかう。

「タイミングとしては良いな、日本の少子化が問題になっている時だけに、良いかもしれないよ。」神田課長は再び口をはさんだ「まあ、なんだかんだといったって、公務員の職場が、そういう枠を積極的に採用していく姿勢が欲しいよ、まったく、自分達は終身雇用で当たり前、という顔をしている…。離婚して生活に困っている人を税金で救おう、と考えていない事も不満だが、生めよ、ふやせよの音頭だけはとりたがる、ハッハッハッ…。」「ハッハッハッ…。」理江もその声に押されて笑い出していた。

子供がいると採用しない企業、途中から公務員に採用されない採用方式、子育ての環境整備なくして子供を増やそうと騒いでいる役人、今まで各自が胸にしまっていたものが一気に噴き出している。

理江は企画会議の予定時間を1時間以上もオーバーしているのに、皆の議論が白熱しているのに気をもんでいた。理江は訪問先を抱えていたが、こらえていた。

又、他の社員とて仕事の計画があるだろう。

ざわめく室内で、理江は少しイライラしていた。

「じゃ、話しは尽きないと思いますが、時間がだいぶオーバーしております、このまま話しを続けるか、いったん終了して後日又検討するか、どちらかにしたいと思います。

先ず、このまま、継続してもいい、という方挙手をお願いします。」神田課長は大きい声で言った。

「本日が最終日ですから、少々時間がかかってもやりましょう。」という声や「上部で決定する事でこの会議としては議題提供という事で終わりにしましょう。」という声など、さまざまな意見が出された。それでも、会議は継続して話し合いが進められる事になった。「どうしても用事がある人は、そちらを優先させてください。」と神田課長は念を押した。

理江は客を取ろうか、ここに残ろうか、決め兼ねていた。客との約束は第一に実行に移さなければならない。しかし自分が提案した議題によって、7人のメンバーは時間を延長、そして、計画をを変更しようとしている。やはり、自分はここに残るのが一番だろう、と覚悟を決めた。もしかしたら、この保険商品が採用になるかもしれない淡い希望もそこにあった。

「結婚保険なんて、初めて聞いた時は、かえって結婚を「おすすめ」するようで、変だと思いましたよ。でもこうして皆で話し合ってみますと、なんで今まで、そういう相互扶助がなかったのか不思議に思いますね、今のところ、我が家では、そういう兆しはないですが、もし、万が一あったら、妻は経済的に大変ですよほんとうに、私の稼ぎが少ないのが原因ですけど…。人間は過ちを犯すのが常ですから、マーフィーの法則じゃないですけど、いつか誰かが間違った結婚をする可能性は大ですからねー。

その時あらかじめ生活できる安全弁があるのとないのとでは違いますねー。

こういうのも、人間社会が進歩すればするほど、必要商品として購入いただけるかもしれませんねー。」普段は苦虫をつぶしたような顔をしている審査部課長補佐の飯田は何かとても感心し、自問自答のような発言をし、周囲は爆笑の嵐となった。

理江は、ここで一瞬マーフィーの法則が出てくるとは思わなかった。

「人間はしばしば過ちを犯す。慣れによる感覚もある。間違う可能性がある事は必ず間違えられる。」心の中でその言葉を繰り返しながら、既にこの世を去っていった政夫やフィリピン人女性の事を頭に浮かべた。

「ハイ、ここでいくら時間をかけても、結論は出せないわけですから、今まで皆さんが提案してくださった新しい商品について、5点をピックアップして上部に提案します。

その中で、最終審査に残ったものが、来期の当社商品として、発売される可能性があります。

その方向でこの場を締めさせていただいてよろしいでしょうか。」神田課長は司会慣れした淡々とした口調でその場を締めた。企画メンバーが提案した保険は本当に多種多彩だった。なぜ、そんな物が、と思われるような保険証品を提案する人物もいた。そして最

終的に5点、

1：ペット保険

2：環境保険

3：結婚保険

4：地域保険

5：祭り保険

が、最終候補として残った。

理江は、自分が提案した保険商品が保険審査会や金融庁の許可が下りなかったとしても、ここにいるメンバーに認められただけでもうれしかった。

離婚や、戦争で男性を失った家族が、経済的に苦しみながらも、保険を販売し続けてきた理江たちの同僚先輩諸氏にエールを送りたい気持ちだった。

今は元保険外務員の事件が社会の一面を飾っている。

それは何百万人もいる元保険外務員の少数に過ぎない。

他の何百人の人々は、苦労と汗水の狭間で、生活している正義感にあふれる人々ばかりだ。

「スーパーのレジで、1ヶ月10万円を得るのもいいけど、何回もお会いし、そのかたの必要性を提案し、納得した上で加入していただいた保険、その保険が満期になったり、ガンや事故になり、お客様に保険金が支払われるようになった時、なんとも言えない充実感がある。」と答える10万円弱の給料で働く女性達……。

「この前ね、ある大きい屋敷にお伺いしたの、そしたら、30代の奥様がね、両腕を組んで、私を見下してるの、それが本当に卑しいものでも見るようにね、私は思わず毅然とした態度で相手をじっと見たの、そしたら相手はニャッと笑ったわ。働くという実感が湧いたのはその時…。」「私なんか、4億の保険に加入するから、交際して欲しいと言われたわ、私達をなんと思っているのかしら、まあ逆手にとれば、こっちのもんだけど、バカバカしくてそれっきりよ。」100人の女性がいれば100人の考え、生き方がある。世の中の動きの中で安くて、使い捨てがきき、日本国内の隅々にまで主婦パワーを浸透させた日本型女性保険外務員の時代は終了に向かっている。

ファイナンシャル・アドバイザーとして、きちんと一人立ち出来るプロフェショナルしか生き残れない土壌が確実に形成されている。

こういう動きの中で、理江は自分の両足で積み上げてきた、沢山の顧客に、更なるサービスを提供するとしたら、次は何だろうと考えていた。

「この結果は社のトップ会議に来週の月曜日にかけられます。その結果を待って、具体的な作業が進められると思います。ここにお集まりの皆さん、本当に長い間ご苦労様でした。これで終わったわけではございませんが、一区切りがついたと見てもいいでしょう、皆さん本当にありがとうございました。」神田課長の力強い言葉に、そのメンバーは力強い拍手で応えた。

物のない商品を売る作業に従事している人にとって、人の優しさと連帯感は柱となる。

ある記事で、「儲けもしない者が人にやさしくなれますか。」と進行性筋ジストロフィー症の会社社長がインタビューに応えていた。不治の病を持つ者の存在感を理江が味わったひとときだった。

理江たちは、将来儲けるかもしれない期待を胸に秘めて、人にやさしくする事が可能だという解答を用意し、苦しい戦いを続けている。

理江は苦しい経験の中で絶望的になる事も多かった。

10年以上を保険外務員の生活の中で社会を見てきた。

自分自身を振り返る事など、一度もなかった。

今、経済的にも精神的にも幾分楽になり、拓也の成長も、客観的に評価できるようになった。

今までと違った角度から物事を見つめるいいチャンスだと思うと、自分自身に言い聞かせていた。

何らの能力もなかった理江が「人によって生かされてきた」その事実だけは確かだ。

この先に不安はないといったら嘘になる。

しかし、お先真っ暗になる事はないだろう、という自信のようなものが体に育くまれつつあった。

第11章　結婚保険の条件

「結婚保険誕生」この知らせは理江が待ちに待った10余年の歳月をつぎ込んできた末に誕生した商品だった。

人間が誕生するのにトツキトオカというが、目に見えない商品を開発するのは、その何倍もの努力と苦労が積み上げられて生み出される。

もちろん流産する事も多いだろう。多くの人々に受け入れられる事が、必要性を生み出し形ある物へと形成されていく、当然といえば当然すぎる商品の誕生だった。

この商品は悪用しようとすれば、悪用できるだろう。

それは普通の死亡保険が自殺の場合、契約後1年間の猶予期間から、2年の猶予期間に変わりつつあるように、その時代、時代が多くの世論によって少しずつ形を変えていく。

悪用しようとする人間は、どんな方法によってでも悪用するだろう。

しかし、本当に利用する人間が圧倒的に多い事も見逃してはならない。

人は信頼の上にしか生活の基盤はない、かすみを食べて生きていく事が出来ない以上、どういう分野にも相互扶助精神は生き続けるだろう。

理江は自分の望んだ保険商品が、現実の物になる事に、驚きを禁じえなかった。結婚保険誕生の生みの親になったのだった。

だが、それを育んでくれたのは戦争未亡人だったり、毎年、何十万人と入社しては退職せざるを得なかった元主婦の保険外務員や、離婚で苦しむ同僚そして自分の体験が形成させてくれた宝物だ。

これらの商品を欲しい人に、どのように出会い、プランニングし、御契約をいただき、アフターケア、サービスをしていくのか、今は未知数だ。

しかし、理江には自信があった。

今は経済的に苦しいのは女性だけではない、男性も大変な時代に生きている。お互いに理解し、納得の上で賢い選択をする事に何の躊躇がいるだろう、その人が持つ力を最大に伸ばして生きていこう。

理江は結婚保険に興味を持つお客様に「自信と自身の確立」を育むアドバイザーになろうと心理学を勉強し始めている。

「結婚保険」この商品を扱える人間は単なる保険販売員ではない、そう、呼ぶなら、メンタル・ファイナンシャル・アドバイザーの資格がないと販売できません。

プロフェッショナルとしてのメンタル・ファイナンシャル・アドバイザーのハードルは、あくまで高く、そのハードルは乗り越えられてこそ一人前なのです。

結婚保険の条件

人間の誕生前の結婚から死亡まで保障します。
この保険は、一戸主単位でのみ加入できます。
戸籍を確保している人間はどなたでも加入できます。
これは、成人男女が婚姻届けを出す時から保障します。
もちろん結婚式費用も含みます。

保障の一覧

結婚式費用―仏教、キリスト教、その他すべて、最低保障
出産費用―公立医療機関で出産の範囲
保育費用―公立機関の保育費用範囲内
幼稚園

小学校
中学校
高等学校　公立機関の費用範囲内
専門学校、大学は、奨学金として貸し出し、就職後は貸し出し範囲で、返済義務有り
医療、介護、葬儀費用は、公立機関使用範囲内
離婚による生活補助、自立費用は、個人の希望と、カウンセリングの結果で決定
失業や、突然生じたトラブルにも対応
保険料は、収入に応じて変化します。
詳しい内容は、ご契約のしおりで参照ください。

ダイヤモンド生命　「結婚保険のしおり」より

［著者プロフィール］ 小林理子

1945年　北海道生れ
職歴　障がい者指導、学生カウンセラー、その他
著書　『贅沢って何ですか』『シルバーチャンピオンへの道』
　　　『社長さん SOS は明確に』その他

結婚《けっこん》保《ほ》険《けん》誕生《たんじょう》

発行日　2023年12月19日　第1刷発行

著者　小林《こばやし》 理子《りこ》

発行者　田辺修三
発行所　東洋出版株式会社
〒112-0014　東京都文京区関口1-23-6
電話　03-5261-1004（代）
振替　00110-2-175030
http://www.toyo-shuppan.com/

印刷・製本　日本ハイコム株式会社

ISBN 978-4-8096-8693-1
定価はカバーに表示してあります
ISO14001 取得工場で印刷しました